"저, 케이타 선배가 좋습니다.
선배로서가 아니라, 이성으로서."

정적에 휩싸인 공원에서
그 말은 똑똑히 들렸다.
무서울 정도로 심장이 쿵쾅거리고
머릿속이 새하얘졌다.

손바닥을 위로 향하고 양팔을 벌리는 유키나 선배.
마치 나를 맞아들이는 듯한 제스처다.
설마, 이 포즈는......!

독설소녀는 심술쟁이 3
우에무라 나츠키 ≡ 미레이
벽 너머라면 솔직하게
DOKUZETSU SHOJO HA AMANOJAKU
좋아
한다고
말할 수 있는데!

커버 그림, 본문 일러스트 | **미레이**

벽 너머라면 솔직하게

말할 수 있는걸!

쯩아

한다고

DOKUZETSU SHOJO HA
AMANOJAKU

독 설 소 녀 는 심 술 쟁 이

3

【케이타와 사쿠라코 ~저희는 좋은 라이벌이에요!~】

"흥흥흥~응♪"

방과 후 집으로 돌아가는 길, 난 기분이 좋았다. 거울로 내 얼굴을 보면 분명 행복해 보이는 표정을 짓고 있을 것이다.

왜 그렇게 기분이 좋은가. 그건 오늘 밤 유키나 선배와 외식하기 때문이다.

외식이라고 해도 우리는 학생. 고급스러운 가게에 가는 건 아니다. 평범한 패밀리 레스토랑에 간다.

그래도 유키나 선배와의 외식은 나에게 있어서 일대 이벤트. 가게가 어디든 기대된다.

"흐흐흐…… 유키나 선배, 뭘 먹을까?"

햄버그스테이크일까. 아니면 스테이크? 의외로 먹보라서 350g을 주문하거나 하지 않을까.

입가에 데미글라스 소스를 묻힌 채로 햄버그스테이크를 우물거리는 유키나 선배를 상상해본다. ……위험해. 너무 귀엽다고, 먹보 녀석!

유키나 선배와 빨리 만나고 싶어서 나는 귀로를 서둘렀다.

집으로 돌아오니 방에 유키나 선배가 있었다. 교복을 입은 채로 바닥에 누워 문고본을 읽고 있었다.

"다녀왔습니다, 유키나 선배."

말을 거니 유키나 선배는 문고본을 바닥에 두고 일어났다.

"어서 와, 하인. 오늘은 왠지 상당히 기분이 좋아 보이네."

"에헤헤. 알겠어요?"

"그래. 굉장히 변태 같은 얼굴을 하고 있는걸."

"제 혼신의 미소를 변태 취급하지 마세요."

"어머, 실례. 그래도 평소 변태 같은 망상은 하고 있지? 전에도 '흐헤헤. 공원의 미끄럼틀로 다시 태어나면 어린 여자아이의 엉덩이에 실컷 깔릴 수 있소이다'라고 말했잖아."

"안 했는데?!"

그건 아마 내가 아니야. 성벽이 그렇게까지 뒤틀리지 않았는걸.

"미안. 내가 잘못 들었네. '크흐흐. 마루노우치의 맨홀로 다시 태어나면 힐을 신은 사무직 여성에게 마음껏 밟힐 수 있소이다'였나?"

"하오체 그만해! 그런 말 안 했어!"

"하지만 망상은 하고 있지? 이 에로 광고 클릭 상습범!"

"망상도 클릭도 안 했다니까요! 전 그저 빨리 집에 와서 유키나 선배를 보고 싶다고 생각해서…… 앗."

큰일났다아아아아아!

또 쓸데없는 말을 해버렸다아아아아아!

이 뒤의 전개를 쉽게 예측할 수 있다. 선배가 부끄러움을 숨기려고 굳히기를 거는 패턴이다.

하지만 예상과 달리 유키나 선배는 볼을 빨갛게 물들이고 부끄러워하고 있었다.

"그, 그래…… 나도 '케이타, 빨리 안 돌아오려나'라고 생각하고 있었어……."

유키나 선배는 양손 검지를 꼼지락거리면서 그렇게 말했다.

흑…… 기습적인 부끄러워하는 유키나 왔다아아아아!

케이타, 빨리 안 돌아오려나……래! 남편이 돌아오는 걸 기다리는 부인의 대사냐고!

행복을 음미하고 있으니 유키나 선배에게 볼을 잡아끌렸다.

"아야야! 유히나 선해! 머하는 거해여!"

"지, 지금 건 무효! 잊어버려!"

"헤?"

"안 잊어버리면…… 로프 없는 번지 점프형에 처한다?"

레저 감각 살해 예고였다. 인싸 살인 청부업자냐고.

내가 '이흘해여'라고 의사표시를 하자 유키나 선배는 내 볼을 놓아줬다.

"아야야……. 유키나 선배, 너무해."

"케이타가 함정을 깔아서 그런 거야."

"선배가 있지도 않은 함정에 걸려서 멋대로 부끄러워했

잖아요."

유키나 선배가 나에게 뭔가 대꾸하려고 했을 때, 방의 인터폰이 울렸다. 분명 항상 보는 멤버 중 누군가겠지.

"네~. 들어오세요~."

내가 대답하자 문이 소리를 내며 열렸다.

현관으로 시선을 돌리자 교복 차림의 사쿠라코가 서 있었다.

"안녕, 사쿠라코."

"……아아, 케이타 씨. 있었나요. 칫."

사쿠라코는 욕을 하면서 방에 들어왔다. 있고 자시고 간에 여긴 내 방인데요…….

"어머. 사쿠라코, 또 왔구나."

"언니! 네, 오고말고요! 언니를 보고 싶어서 왔다고요!"

사쿠라코는 유키나 선배 곁으로 달려갔다.

"난 상관없지만…… 일단 여긴 하인의 집이야. 너무 폐를 끼치지 말렴."

"네! 언니가 그렇게 말씀하신다면!"

"그래. 그럼 됐어."

유키나 선배는 쓴웃음을 지으면서 사쿠라코의 머리를 쓰다듬었다. 사쿠라코는 주인과 장난치는 강아지처럼 기뻐했다.

사이좋은 두 사람을 보고 있으면 진짜 자매처럼 보이니

신기하다.

사쿠라코는 분명 유키나 선배와 자매 같은 아름다운 관계를 맺고 싶어서——.

"케헤헤. 언니…… 오늘 밤이야말로 제가 옆에 꼭 붙어서 자드릴게요……."

아니었다. 맺고 싶은 것은 문란한 육체관계였다.

"그건 사양할게."

"언니?! 어째서죠!"

"그야 눈이 무서우니까……. 그리고 오늘은 케이타랑 외식 약속이 있어."

유키나 선배는 '딱히 기대는 안 되지만'이라며 뚱한 얼굴로 말했다. 에헤헤~, 부끄러워한다 부끄러워해.

"으으으…… 역시 케이타 씨가 방해돼요!"

볼을 탱탱하게 부풀린 사쿠라코는 내 미간 언저리를 척 가리켰다.

어딘가 기시감이 느껴지는 광경이다.

설마, 이 전개는…….

"케이타 씨! 유키나 언니에게 어울리는 남자인지 아닌지를 묻는 시험…… 줄여서 '유키 어울림 시험' 제2탄이에요!"

"역시 그건가!"

약칭이 멋없네! 다른 약칭은 없었니.

"지난 시험에서는 케이타 씨가 얼마나 강한지를 봤습니다.

하지만! 강하기만 해서는 언니에게 어울리는 남자분이라
고는 할 수 없습니다!"

"난 유키 어울림 시험을 치겠다는 말은 한마디도 안 했
는데……."

"남자 되는 자, 반한 여자를 기쁘게 하는 그릇이 되어라!
그러지 못하면 언니 곁에 있을 자격 따위는 없다!"

"말을 안 듣는구나……. 뭐야? 내 목소리만 모깃소리로
변환되고 있는 거야?"

"제 말이 이해되시나요! 케이타 씨!"

"아무래도 상관없지만, 너 아까부터 너무 불타오르고 있
는데."

"제2시험…… 그것은! 저와 케이타 씨, 둘 중 누가 언니를
기쁘게 만들 수 있는가 대결!"

사쿠라코는 '와~! 짝짝짝~!'이라며 혼자서 박수쳤다.

틀림없다. 얘는 생활통지표에 '좀 더 차분했으면 좋겠습
니다'라고 적히는 타입이다.

기막혀하는 나를 제쳐두고 사쿠라코는 멋대로 시험을
시작했다.

"그럼 제가 선공을 하겠습니다. 언니를 마사지할게요."

"마사지라고……?"

전에 유키나 선배의 발을 마사지했을 때를 떠올렸다.

그때의 흥분이 지금! 눈앞에서 되살아나려는 것인가!

난 자연스럽게 적극적인 태도로 임하고 있었다.

"재밌군. 해봐라, 사쿠라코여."

"케이타 씨의 그 눈……. 후후후, 드디어 진지해진 모양이군요!"

"사쿠라코! 봐줄 필요 없다! 전력으로 마사지해라!"

"그런 말 안 해도 마구 주무를 거예요!"

분위기가 달아오른 우리 옆에서 유키나 선배가 불쑥 한마디.

"하아……. 너희, 이 시험인가 뭔가를 만날 때마다 할 생각이야?"

"한숨을 쉬면 행복이 달아나버려요, 언니. 자자, 여기로 오시죠."

"말려도 소용없는 것 같네……. 알았어."

사쿠라코는 유키나 선배를 침대 위에 앉히고 등 뒤로 이동했다.

"언니. 실례하겠습니다."

사쿠라코는 유키나 선배의 어깨를 주무르기 시작했다. 엄지에 힘을 꾹 쥐고 주의 깊게 근육을 풀고 있다. 예상과는 달리 엉큼한 느낌은 들지 않았다.

"응…… 그래, 거기. 느낌 좋아, 사쿠라코."

"에헤헤. 저, 어깨 주무르기는 잘해요."

"그래. 정말 잘하네."

유키나 선배는 온화한 웃음을 띠고 사쿠라코를 칭찬했다.

　의외였다. 저 변태 여자 일본 대표 같은 아이가 평범하게 어깨를 주무르다니.

　아니…… 내 눈이 흐려져 있었던 것일 뿐일지도 모른다.

　사쿠라코는 분명 변태지만 유키나 선배를 좋아하는 마음은 진짜다. 오늘은 평소에 신세를 지고 있는 선배의 피로를 풀어주기 위해 나설 생각일 것이다.

　"하아하아…… 언니의 어깨를 주무를 수 있을 뿐만 아니라 새어 나오는 숨소리를 이렇게 가까이에서 들을 수 있다니…… 피가 끓어오르네요, 흐헤헤. 그런데 언니, 오늘 밤에는 같은 침대에서 자도 되나요?"

　아니었다. 그냥 선배의 피부를 탐닉할 생각이었어, 이 변태.

　"……사쿠라코. 나한테 이상한 짓 하면 굶히기 건다."

　"이 무슨 포상인가요. 옵션으로 발 기술도 부탁드립니다!"

　오히려 흥분하는 사쿠라코. 호흡은 거칠고 눈이 하트 마크로 변했다.

　"언니. 어깨가 상당히 뭉쳐있네요."

　"그런가?"

　"어깨 결림의 원인 중 하나가 가슴의 무게라는 걸 알고 계시나요?"

　"어?"

"흐헤헤…… 제가 확인해드릴게요."

사쿠라코는 뒤에서 유키나 선배에게 밀착하더니 그대로 유키나 선배를 구속했다.

"잘 먹겠습니다."

사쿠라코는 유키나 선배의 가슴을 주물렀다. 선배의 형 태 좋은 가슴이 징그러운 손가락의 움직임으로 인해 형태 가 바뀌었다.

"햐앗! 얘, 얘 사쿠라코! 지금 당장 그만둬!"

"흐헤헤. 좋지 아니한가, 좋지 아니한가."

유키나 선배는 날뛰었지만, 사쿠라코의 다리에 구속되 어 있어 꼼짝할 수 없었다.

"언니, 여기가 약한가요?"

"앗…… 아, 안 돼. 그렇게 세게 하면…… 아!"

유키나 선배는 교성을 흘리고 굴욕적인 표정을 지으면 서 입가를 가렸다.

유키나 선배가 여자 후배에게 가슴을 마구 주물려 야한 목소리를 참고 있다……. 정말 배덕적인 시추에이션이다. 이거 언제 DVD 나오나요? 제가 값은 부르는 대로 쳐줄 게요!

"흐헤헷…… 언니의 딱딱한 부분이 상당히 풀리기 시작 하지 않았나요?"

사쿠라코는 기세를 타고 계속해서 주물렀다. 단어 선택이 굉장히 지독하다. 어떻게 생각해도 야한 책을 너무 많이 읽었잖아.

"사, 사쿠라코…… 지금 당장 그만두지 않으면 끔찍한 일이 벌어질 건데?"

"언니야말로 솔직해지는 게 어떤가요? 입은 완고해도 몸은 솔직하다고요?"

그러니까 야한 책 너무 많이 본 게 아니냐고. 네가 좋아하는 장르는 분명 능욕물이겠지.

"사쿠라코, 난 충고했어."

유키나 선배는 입가를 막고 있던 손을 내렸다. 그리고 그대로 사쿠라코의 치마 속으로 손을 넣어서…… 치마 속에에에에?!

아무리 그래도 그건 아니죠, 유키나 선배! 이 자리에 남자도 있다고요?! 애태우지 말고 빨리해주세요, 부탁드립니다!

기대하면서 지켜보고 있으니 유키나 선배가 악마 같은 웃음을 띠었다.

유키나 선배의 손이 사쿠라코의 치마 속에서 스멀스멀 움직였다. 살짝 올라간 치마 안쪽에는 하얗고 눈부신 사쿠라코의 허벅지가 보였다.

"그럼…… 건방진 후배에겐 벌이 필요하겠구나."

꾸우우우우우우욱!

유키나 선배는 사쿠라코의 허벅지 안쪽을 꼬집었다.

"아야야얏! 언니, 거긴 앙대애애애애애!"

어지간히 아팠을 것이다. 사쿠라코는 한순간 공중에 뜰 정도로 뛰어올랐다.

유키나 선배는 사쿠라코의 빈틈을 놓치지 않았다.

사쿠라코의 다리를 치우고 뒤돌아보는 유키나 선배. 그대로 사쿠라코에게 돌진해 그녀의 머리를 겨드랑이에 끼우고 안아 올려서 섰다.

사쿠라코는 위아래가 반대로 뒤집혔다.

이 모양새는…… 프로레슬링에서 친숙한 '그 기술'!

"사쿠라코…… 이게 브레인 버스터라는 유도 기술이야. 알아두렴."

아니, 유도는 상관없거든! 프로레슬링 기술이거든!

그렇게 딴지를 걸 틈도 없이 유키나 선배는 뒤로 누우며 사쿠라코를 침대에 패대기쳤다. 위험한 기술이니까 착한 아이들은 따라 하면 안 돼!

기술이 작렬한 순간, 침대가 '꾸우우우우웅!' 하고 좋은 소리를 냈다.

"삐걱!"

사쿠라코는 작은 동물 같은 비명을 질렀다.

아무리 침대 위라고 해도 엄청난 소리가 났는데…… 괜찮을까.

"……사쿠라코? 어~이, 살아있냐~?"

걱정되어 말을 거니 사쿠라코는 살짝 얼굴을 들고 웃었다.

"케이타 씨…… 합격이에요."

"나는 아무것도 안 했는데."

"제 호감도를 낮추는 책략…… 훌륭했어요."

"아니, 자멸이잖아. 난 아무런 책략이 없었어."

"이럴 수가, 패자인 저를 다정하게 대해주시는 건가요?"

"지금 대화에 다정함이 있었어?"

"……훗. 보기와는 다르게 좋은 사람이군요. 어쩌면 케이타 씨와는 라이벌이 될 수 있을지도…… 털썩."

아. 사쿠라코가 기절했다.

"케이타. 다음은 네 차례야."

유키나 선배는 노기를 띤 목소리로 날 견제했다. 큰일이다. 유키나 선배가 엄청 화났다.

생각해라. 유키나 선배를 기쁘게 만들어 노여움을 잠재울 방법을.

문득 유키나 선배의 말이 뇌리에 떠올랐다.

'그, 그래…… 나도「케이타, 빨리 안 돌아오려나」라고 생각하고 있었어…….'

아…… 뭐야.

답은 처음부터 정해져 있었잖아.

"유키나 선배. 예정대로 빨리 밥 먹으러 가요."

"어? 날 기쁘게 하는 시험은?"

"물론 시험은 계속해요. 후공인 전 식사에 초대하는 걸로. 이걸 제일 좋아하지 않을까 싶었어요."

솔직하게 마음을 털어놓으니 유키나 선배는 훗 하고 웃었다.

"……그렇네. 케이타, 빨리 데이트 가자."

"엑? 데, 데이트?"

확실히 식사 초대는 데이트 신청이라 볼 수도 있다.

하지만 군이 '식사'를 '데이트'로 바꿔 말하는 건, 유키나 선배도 의식하고 있다는 뜻이지……?

유키나 선배는 자신의 실언을 알아차렸는지 짧게 '앗'하고 소리를 냈다.

"유키나 선배, 지금 '빨리 데이트에 가자'라고……."

"아니. '발리대이토갑자'는 난바류 고류 무술에 전해지는 면허개전 오의야."

"거짓말! 얼버무려도 소용없어요. 데이트라는 말을 분명 들었다고요."

"말 안 했어!"

"아야야야야!"

유키나 선배는 내 발을 힘차게 짓밟았다.

"망상이 너무 심하다 싶으면 너한테도 브레인 버스터를 먹여줄 거다?"

"죄, 죄송합니다. 조심하겠습니다……."

"흥. 알았으면 됐어."

유키나 선배는 그렇게 말하고 현관으로 향했다. 정말이지. 금방 부끄러운 걸 숨기려고 저런다니깐.

"그럼. 문단속은 어떻게 할까……."

우리가 외출 중에 사쿠라코가 돌아가면, 문단속을 부탁해야만 한다.

그렇지. 기절한 사쿠라코 옆에 열쇠를 두자. '집에 갈 때는 문을 잠근 뒤에 우편함에 열쇠를 넣어둬'라고 메모를 남겨두면 우리가 외출한 사이에 사쿠라코가 방에서 나가도 안심이다.

열쇠와 메모를 두고 문득 현관을 봤다. 유키나 선배는 마침 구두를 신고 있는 참이었다. 뒷모습이라 표정은 보이지 않았다. 그때, 현관의 거울이 시야에 들어왔다.

"앗……!"

거울에는 만면에 미소를 띤 유키나 선배가 비치고 있었다. 웃음을 짓고 당장이라도 콧노래를 부를 것 같은 분위기다.

……살짝 소리쳐도 되나?

유키나 선배 완전 귀엽잖아아아아아아!

이거 봐! 역시 식사 데이트 기대하고 있었잖아!

숨어서 몰래 부끄러워하다니 최고잖아! 게다가 빤히 다 보이고! 뭐야, 이 시추에이션! 거울 너머라면 솔직하게 좋아하는 티를 낼 수 있다는 건가?! 대놓고 좋아하는 티를 내라고, 이 겁쟁이!

——라고 외치면 순식간에 살해당할 테니, 말하지 말자.

그래도 유키나 선배가 부끄러워하는 모습은 더 보고 싶으니 놀리기로 했다.

"하인. 빨리 준비해……. 잠깐, 뭘 히죽거리는 거야?"

"아뇨. 빨리 데이트 하러 가요."

"무슨…… 데, 데이트가 아니잖아. 그냥 외식이야."

"네? 그럼 유키나 선배는 저랑 데이트하고 싶지 않아요?"

"그, 그건…… 케이타는 짓궂어! 이제 몰라!"

"아하하. 농담이에요. 기분 푸세요. 네?"

"몰라!"

우리는 연인끼리 할 법한 달콤한 대화를 하면서 식사를 하러 외출했다.

◆

제2 유키 어울림 시험을 끝낸 뒤에도 사쿠라코의 습격은 계속되었다.

한번은 요리 대결을 펼치고 또 한번은 게임 대결을 했다.

말할 것도 없지만, 그때마다 내가 이겼다. 항상 선공인 사쿠라코가 자멸했기 때문이다.

처음에는 유키 어울림 시험이 귀찮았지만, 요즘에는 내가 즐기고 있다. 시험이라기보다는 서서히 사쿠라코와 노는 느낌이 들고 있었다.

그런 평화로운 일상을 보내던 나에게, 갑자기 사건이 일어났다.

어느 날 방과 후의 일이다.

방에서 혼자 유유자적하고 있으니 갑자기 현관문이 열렸다.

"언니이이이이! 도와주세요오오오오오!"

사쿠라코가 울면서 방에 들어왔다. 매번 그렇지만, 다들 내 방을 뭐라고 생각하고 있는 걸까.

사쿠라코는 세일러복 차림이었다. 학교가 지정한 학생용 가방을 들고 있다. 아무래도 학교에서 이 공동주택으로 직행한 모양이다.

"왜 그래, 사쿠라코. 그렇게 허둥대고."

"언니는?! 언니는 어디에?! 가르쳐주시옵소서!"

"뭐야, 그 말투는……. 유키나 선배는 오늘 안 와. 볼일이 있대."

"그, 그럴 수가……! 이 세상은 끝났어요."

사쿠라코의 눈이 죽었다. 입에서는 하얀 영혼 같은 뭔가

가 튀어나오기 시작했다.

"케이타 씨. 저, 최후의 만찬은 고기가 좋아요……. 부탁합니다."

"아니, 안 사줄 건데. 괜찮아? 좀 진정해."

"후후후…… 자신도 신기할 정도로 침착한 상태에요……. 흐히히, 후히힛."

사쿠라코는 기분 나쁘게 '흐히히' 하고 웃더니, 갑자기 울기 시작했다. 완전히 정서불안이다.

"으에에에엥! 저 이대로라면 퇴학당하고 말아요오오오!"

"퇴, 퇴학이라고?"

이봐, 그 상황은 웃을 일이 아니라고. 대체 무슨 일이 있었지?

"사쿠라코, 나라도 괜찮다면 이야기 들어줄게."

"앗? 케이타 씨가?"

"유키나 선배만큼은 아니더라도, 일단은 선배니까. 둘이서 지혜를 짜내면 활로를 찾을 수 있을지도 모르잖아. 응?"

"케이타 씨…… 감사합니다."

사쿠라코는 훌쩍이며 고민을 이야기하기 시작했다.

"제가 이웃 시에서 이사를 왔잖아요."

"응. 전학을 왔다고 했었지."

"전에 다니던 학교의 편차치는 50정도이고 학업에 힘을 주는 학풍은 아니었어요. 하지만 지금 다니고 있는 여학교는 진학을 위한 학교라 공부 레벨이 높아요. 다음 주에 시험이 있는데, 자신이 좀 없어서……."

"……낙제점을 받을 것 같다는 이야기야? 그래서 퇴학 위기?"

물어보니, 사쿠라코는 고개를 끄덕끄덕 끄덕였다.

이전에 쥬리도 낙제점을 받을 뻔했는데, 그때와는 페널티의 무게가 다르다. 실패는 용납되지 않는다. 유키나 선배가 없는 지금, 내가 힘이 되어줘야 한다.

"으읏. 공부를 잘하는 언니에게 가르침을 받으려고 했는데……."

"사쿠라코. 나라도 괜찮다면 가르쳐줄게."

"아뇨. 보건 체육 점수는 충분해요."

"주요 과목 이야기라고!"

날 에로 남자라고 여기고 있구나. 확실히 보건 체육은 내 특기이지만!

"케이타 씨는 성적이 좋아요? 그 얼굴로?"

"너, 날 전혀 존경 안 하는구나. 괜찮아. 1학년 내용이라면 기초 정도는 가르칠 수 있어."

"정말인가요?!"

"응. 맡겨줘."

가슴을 펴고 그렇게 말하자 사쿠라코는 눈물이 글썽거리는 눈으로 나를 봤다.

사쿠라코 앞에서는 그렇게 말했지만, 사실 자신 없다. 내 성적은 중상위 정도다. 아무리 사쿠라코가 한 학년 아래라고 해도, 진학교의 학생을 가르치려면 부담이 크다.

내가 허세를 부린 건 사쿠라코를 불안하게 하고 싶지 않아서다. 시험은 어떻게든 된다. 그렇게 생각하라고 나는 그런 거짓말을 한 것이다.

문제는 내가 공부를 가르쳐줄 수 있느냐 없느냐인데…… 받아들인 이상 책임지고 하는 수밖에 없다.

"시간이 아까워. 사쿠라코, 바로 시작하자."

우리는 테이블에 마주 보고 앉아 필기구와 교과서, 노트를 준비했다.

"케이타 씨. 우선은 영어를 가르쳐주세요. 가정법에서 잘 이해가 안 되는 부분이 있어요."

"가, 가정법?"

그건 내가 지금 배우고 있는 부분인데? 이게 일반 학교와 진학교의 수준 차이인가!

"어느 부분을 모르는 거야?"

"잠깐 기다려주세요……. 아, 이 문장이에요."

사쿠라코는 교과서를 팔랑팔랑 넘겨 어떤 페이지를 나에게 보여줬다.

"케이타 씨. 이건 어떻게 해석하면 되나요?"

"아~ 이건 관용표현이야. 'Had it not been for' 형태로

기억해둬. 'if'를 생략해서 'had'가 문장 첫머리에 온 거야. 고쳐 쓰기 문제로 출제되는 경우가 많으니까 주의하는 게 좋을지도."

무사히 가르쳤지만, 딱히 내가 대단한 게 아니다. 바로 전날에 선생님이 '이 부분 시험에 낸다~'라고 말했을 뿐이다.

"그렇구나. 케이타 씨 대단해요! 생각보다 잘 아시네요."

"그, 그런가? 뭐, 유키나 선배 정도는 아니지만."

난 얼버무리듯이 웃었다. 이제 사쿠라코랑 시험 범위가 똑같다는 말은 입이 찢어져도 할 수 없다.

"저기, 다른 질문도 있어요. 가정법 과거인데요……."

"어디 보자. 아아, 이건 말이지……."

사쿠라코는 계속해서 질문해왔다. 대부분 최근에 배운 내용이라서 어떻게든 답할 수 있었다.

다행이다. 가르칠 수 있을지 불안했는데, 조금은 사쿠라코에게 도움이 될 것 같다.

그런데――.

"케이타 씨. 'if'의 용법에 관해 질문이 있는데요."

"뭐야? 가정법의 프로라고 불린 이 몸에게 뭐든 물어봐."

"믿음직해요, 프로! 그럼 직접법과 가정법 과거의 차이를 가르쳐주세요."

"……응?"

의표를 찌르는 날카로운 질문에 내 사고는 정지되었다.

"둘 다 'if'를 '만약 ~한다면……'으로 해석하죠? 그런데 용법이 다른 건 왜죠?"

모…… 몰라아아아아!

뭐냐고, 그 머리 좋은 놈이 할법한 어려운 질문은! 그런 건 나도 안 배웠어!

아무래도 안 배운 건 모른다. 난 순순히 굴복했다.

"미, 미안. 그건 모르겠는데……."

"그런가요. 작문 문제가 나오면 곤란하겠네요……."

시무룩한 표정을 짓는 사쿠라코.

작문 문제는 배점이 높을 것이다. 만약 그걸 틀리면 낙제할지도 모른다.

그 말은…… 내가 어떻게든 가르쳐줘야 한다는 거잖아!

난 황급히 참고서를 펼쳤다.

"……케이타 씨? 뭐 하는 건가요?"

"모르는 부분을 찾는 거야. 사쿠라코는 그동안 다른 공부를 하고 있어."

"예? 아니, 그렇게까지 부탁하기에는 케이타 씨에게 미안해요. 제가 어떻게든 할게요."

"내가 좋아서 하는 일이니까 사쿠라코는 신경 쓸 거 없어. 괜찮지?"

"……왜 그렇게까지 해주는 건가요? 전, 케이타 씨에게 짓궂은 짓만 하고 있는데…….”

왜냐니……. 이상한 걸 묻는 애네.

그야 돕고 싶으니까 그러는 거지.

“난 사쿠라코가 퇴학당하면 엄청 슬플 거야. 당연한 일이잖아.”

“당연한가요……?”

사쿠라코는 눈을 휘둥그레 떴다.

“왜? 나 뭐 이상한 말이라도 했나?”

“케이타 씨…… 감사합니다. 절 상냥하게 대해주는 남자분은 케이타 씨가 처음이에요.”

사쿠라코는 부드러운 눈빛으로 날 가만히 바라봤다. 그녀의 볼이 빨갛게 물들어 있었다.

뭔가 이상하게 부끄럽다. 난 부끄러움을 얼버무리듯이 웃었다.

“아하하…… 유키나 선배처럼 존경할 수 있는 선배는 아닐지도 모르지만, 지금은 도움을 받아도 되니까. 좀 더 의지해.”

“……알겠습니다. 잘 부탁드립니다.”

사쿠라코는 머리를 꾸벅 숙이고 자습을 시작했다.

자 그럼, 말을 꺼낸 이상 열심히 해야지.

난 참고서를 넘기며 영문법을 조사했다.

◆

　"……그러니까 가정법을 사용할 때는 '가능성이 거의 없는 가정'이야. 예를 들어서 '만약 내가 새였다면……'이라는 현실감 없는 가정을 영어로 쓸 때는 직접법이 아니라 가정법을 쓴다는 거지."

　"그렇군요……. 이해했어요."

　사쿠라코는 납득하고 고개를 끄덕였다.

　한때는 어찌 되나 싶었지만, 무사히 사쿠라코의 의문을 해소한 듯하다. 이러면 실전도 괜찮을 것 같네.

　"케이타 씨 덕분에 영어는 완벽해요. 다른 교과는 자력으로 노력할 생각이에요."

　"그렇구나. 조금은 도움이 됐으려나?"

　"네. 오늘은 정말 감사합니다."

　사쿠라코는 만면에 웃음을 띠었다.

　평소에는 나에게 까다롭게 굴어서 몰랐다. 얘, 웃으면 엄청 귀엽잖아.

　"……케이타 씨, 다정하고 의지가 되네요. 언니가 마음에 들어 하는 것도 이해가 될 것 같아요."

　사쿠라코는 볼을 붉히고 부끄러운 듯이 말했다.

　그 쭈뼛거리는 모습에 나도 모르게 가슴이 두근 뛰었다.

　"아, 그렇지. 케이타 씨한테 뭔가 답례를 해야겠네요."

"응? 아니야. 답례받을 정도도 아닌데."

"그럴 순 없어요."

사쿠라코는 천천히 세일러복의 스카프에 손을 댔다. 그녀가 평소에는 보여주지 않는 요염한 웃음에 나도 모르게 뜨끔하고 놀랐다.

사쿠라코는 스카프를 스르륵 풀었다. 도드라진 하얀 쇄골이 선정적이라서 그럴 의도가 아니어도 저도 모르게 시선이 고정되고 말았다.

"케이타 씨. 답례는 몸으로 할게요!"

"모모, 몸?! 무, 무무무무 무슨 소리를……!"

"있잖아…… 내 세일러복, 벗겨줄래?"

사쿠라코는 유혹하는 듯한 눈으로 바라봤다. 얘는 왜 안길 생각으로 가득한 거냐.

그녀의 유혹에 질 수는 없다. 나에게는 유키나 선배라는 마음으로 정한 사람이…… 아니, 너도 유키나 선배 좋아하는 거 아냐?!

한 발 한 발 거리를 좁혀오는 사쿠라코. 비누의 은은한 향기가 코를 간질여서 내 심박수는 한층 더 뛰어올랐다.

난 꿀에 이끌리는 나비처럼 사쿠라코의 교복에 손을 뻗……을 리가 없잖아! 공부를 가르쳐준 답례로 야한 짓을 하다니, 야한 책이냐고!

"잠깐, 애초에 사쿠라코는 여자를 좋아하는 거 아냐?"

"언니를 좋아하는 것일 뿐이지 남자가 싫은 건 아니에요. 둘 다 좋아해요."

"엉?! 아니, 그렇다고 해도! 좋아하는 사람이 있는데 몸으로 봉사하는 건 아니지!"

"그럼 가슴만으로 하죠. 그건 만져도 닳는 게 아니니까."

"그건 변태 아저씨의 대사잖아!"

경찰 아저씨, 도와줘! 사쿠라코 아저씨가 성희롱을!

"정말. 착한 척은 이제 그만해도 돼요. 케이타 씨도 저랑 마찬가지로 변태의 저주를 받은 일족 아닌가요. 케헤헤."

"너랑 똑같이 취급하지 마!"

"소심하네요. 그럼 제가 갑니다."

"우왓!"

사쿠라코는 나를 밀어서 넘어뜨리더니 내 배 위에 털썩 앉아서 날 내려다보았다.

"케이타 씨. 조금만. 이에요?"

사쿠라코의 하반신과 밀착해 있어서 그녀의 허벅지에서 체온과 감촉이 전해져왔다. 따뜻하고 부드럽다.

사쿠라코와 눈이 맞았다.

수치심이 뱃속에서부터 치밀어 올라 얼굴이 확 뜨거워졌다.

눈을 돌리듯이 시선을 떨구니, 거기에는 사쿠라코의 가슴이 있었다. 내리다 만 지퍼 사이로 가슴 골짜기가 보였다.

"흐흐흐…… 아이처럼 푹 빠진 얼굴. 케이타 씨도 귀여운 구석이 있네요."

사쿠라코는 큭큭 웃었다.

건방진 후배가 올라타고 철저하게 정복당한 굴욕적인 시추에이션……! 그만해! 내 진성 M의 마음을 절묘하게 간질이지 마!

진정해라, 타나카 케이타. 이 정도의 미인계에 냉정을 잃지 마라.

우선은 사쿠라코의 몸으로 보답한다는 바보 같은 사고방식을 바로잡는 것이다. 애초에 남자 앞에서 경솔하게 '몸으로 보답한다'는 말을 해서는 안 된다.

좋아. 이 상황에는 선배답게 따끔하게 주의하고 올바른 정조 관념을──.

철컥.

"나 왔어, 하인…… 아니, 뭐 하고 있는 거야아아아아?!"

꺄아아아아아!

최악의 타이밍에 유키나 선배가 방에 왔다아아아아아!

큰일이라고, 이 상황. 무조건 오해받는다!

"저기, 유키나 선배! 이건 말이죠, 그러니까──!"

"알고 있어. 어차피 또 사쿠라코가 못된 장난을 친 거지?"

"예? 아, 뭐 그렇긴 한데……."

"볼일이 빨리 끝나서 와봤더니……. 사쿠라코가 폐를 끼쳐서 미안해. 바로 그만하게 할게."

어라? 나 오늘은 드물게 무죄방면?

그런가. 유키나 선배의 벌은 보류되는 건가⋯⋯ 큭! 그건 그거대로 뭔가 부족해⋯⋯!

"어, 언니⋯⋯!"

사쿠라코는 일어서서 유키나 선배와 마주 봤다. 지금부터 일어날 참극을 앞에 두고 겁먹은 눈을 하고 있었다.

⋯⋯그런 줄 알았더니 오히려 눈을 반짝였다.

"언니! 벌이요?! 벌이라고 하면 뭘 해주시는 거죠?!"

"체벌이야."

"포상 타임이에요!"

사쿠라코는 그 자리에서 뿅뿅 뛰었다. 응. 하나하나 딴지를 다 걸 수 없으니까 무시하자.

"사쿠라코. 각오는 되어 있겠지?"

"언제든지요── 느악!"

유키나 선배는 다리후리기로 사쿠라코를 넘어뜨렸다.

"앗, 언니 거긴⋯⋯ 삐갸아아아아!"

우득우득우득!

유키나 선배는 사쿠라코의 팔에 손을 뻗어 재빠르게 팔가로누워꺾기를 걸었다.

자연스럽게 유키나 선배의 예쁜 다리에 시선이 빨려 들어갔다. 검은 니삭스에 감싸인 보드라운 다리가 사쿠라코의 얼굴에 닿아있다. 사쿠라코는 괴로운 듯한 표정을 짓고 있지만, 어딘가 행복해 보이기도 했다.

"사랑이! 사랑이 아파요, 언니!"

"어머. 농담할 여유가 있어? 그럼 안 봐줘도 될 것 같네."

"네? 안 봐준다니요! 지금 건 제대로 한 게 아니에요?"

그 순간, 사쿠라코의 얼굴이 파랗게 질렸다.

"저기, 언니. 아무래도 이 이상의 사랑은 제가 받을 수 없달까……."

"뭐? 무슨 말을 하는 건지 모르겠는데. 난 돼지의 말은 몰라."

"언니의 진성 S 스위치가 켜졌어?! 후, 후훗…… 정말. 언니는 심술쟁이야. 그런 언니도 정말 좋아한다고요?"

"안 귀여워. 고통 2할 증가."

"수수께끼의 채점 시스템이?! 언니, 잠깐——!"

"간다…… 에에에에잇!"

우득우득우득!

"흥갸아아아! 엄마아아아아아! 살려줘어어어!"

사쿠라코는 견디지 못하고 소리쳤다. 아까의 여유는 사라지고 눈알이 튀어나올 정도로 눈을 크게 뜨고 있었다.

나도 몇 번이나 당했으니까 안다. 유키나 선배가 진심으로 거는 관절기, 아프지…….

유키나 선배가 기술을 풀자 사쿠라코는 팔을 보호하듯

이 문지르면서 유키나 선배를 올려다봤다.

"으읏, 너무해요. 전 그저 케이타 씨에게 공부를 봐준 보답을 하고 싶었을 뿐인데……."

"공부? 보답?"

유키나 선배는 고개를 갸우뚱했다.

그렇지. 아직 아무것도 설명 안 했었지.

"저기, 유키나 선배. 사실은 말이죠……."

내가 사건의 전말을 설명하자 유키나 선배는 머리를 싸맸다.

"하아……. 결국 케이타한테 폐를 끼친 건 마찬가지잖아."

"아, 아뇨. 저도 복습이 됐으니까 신경 쓰지 마세요."

"그래…… 넌 정말 한결같네."

유키나 선배는 부드럽게 미소 지었다.

한결같다는 게 어떤 의미일까. 뭐, 상관없나. 왠지 칭찬받고 있는 것 같으니.

유키나 선배는 테이블 앞에 앉아 사쿠라코를 힐끗 봤다.

"사쿠라코. 언제까지 그러고 있을 거야. 특별히 내가 가르쳐줄 테니까 이쪽으로 와."

"에엑?!"

빈사였던 사쿠라코가 힘차게 상체를 일으켰다. 그대로 네 발로 엉금엉금 기어서 유키나 선배에게 다가갔다.

"가르침을 받을 수 있는 건가요?!"

"그래. 더 이상 하인에게 폐를 끼칠 순 없지. 자, 어느 부분을 모르겠어?"

"아, 저기! 화학에서 모르는 부분이 있어요!"

사쿠라코는 교과서를 꺼내 유키나 선배 옆에 앉았다.

"언니, 좀 더 가까이 가도 될까요?"

"어쩔 수 없네. 이리로 와."

유키나 선배가 쓴웃음을 짓자 사쿠라코는 어깨를 딱 붙였다.

"에헤헤. 언니의 옆자리, 제가 독점해버렸어요."

"참…… 넌 옛날부터 응석받이구나."

"괜찮잖아요. 앞으로도 언니 곁에 있게 해주세요."

"후훗. 안~돼. 넌 나한테서 좀 떨어져."

"에엥~!"

"자, 쓸데없는 소리 하지 말고. 어느 부분을 모르는지 알려줘."

"치~! 쓸데없지 않거든요!"

두 사람의 사이좋은 모습을 보고 있으면 왠지 가슴이 따뜻해졌다.

그렇게 가혹한 벌을 받아도 사쿠라코는 유키나 선배를 정말 좋아하는구나. 유키나 선배도 이러니저러니 해도 사쿠라코를 돌봐주고. 두 사람의 인연은 내 생각보다 훨씬 단단할 것이다.

"언니."

"왜?"

"에헤헤. 그냥 불러봤어요."

"집중해. 또 관절기 걸리고 싶어?"

"봐, 봐주세요!"

"후훗. 농담이야."

두 사람은 사이좋게 공부하고 있다.

……커피라도 타줄까.

나는 전기포트로 물을 끓이고 손님용 컵을 꺼내면서 진짜 자매 같은 두 사람을 바라봤다.

【유키나 선배와 사쿠라코 ~두 사람은 진짜 자매처럼~】

사쿠라코의 공부를 봐준 뒤로 며칠이 지났다.

방과 후, 교문을 나섰을 때 스마트폰이 울렸다.

확인하니 사쿠라코가 보낸 메시지가 와있었다.

『케이타 씨! 낙제점은 면했습니다! 브잇!』

보고와 함께 전 과목의 답안지를 찍은 사진이 첨부되어 있었다.

대략 평균 70점 정도인가. 내가 가르친 영어는 74점. 사쿠라코에게 도움이 된 것 같아 정말 다행이다.

『수고했어! 사쿠라코, 열심히 했네. 결과가 잘 나와서 안심했어.』

그렇게 답장하자 바로 스마트폰이 진동했다.

『제 실력이라면 이 정도는 아무것도 아니죠! 전 하면 되는 아이에요!』

"그럼 울면서 매달리지 말라고!"

나랑 유키나 선배 덕이잖아. 정말이지 성가신 아이다.

"……뭐, 퇴학을 면한 건 다행이지만."

쓴웃음을 지으면서 스마트폰을 집어넣고 귀로에 올랐다.

집으로 돌아오니 아까까지 메시지를 주고받은 사쿠라코가 당연하다는 듯이 방에 있었다. 옆에는 유키나 선배도 있다.

두 사람은 비디오게임을 하며 놀고 있었다. 항상 하는 레이싱 게임이다.

화면을 보니 사쿠라코가 근소하게 앞선 상황이었다. 직선에서 조금씩 유키나 선배를 따돌리고 있다.

"후후후. 언니의 차로는 제 듀랜달을 제칠 수 없어요."

사쿠라코는 대담하게 웃었다. 왠지 모르겠지만 차에 성검 같은 이름을 붙였다.

곧 코너에 접어든다. 이번에는 유키나 선배가 웃을 차례였다.

"어설퍼."

끼기기기기긱!

유키나 선배는 속도를 떨어뜨리지 않고 화려하게 드리프트 했다. 코너에서 듀랜달을 앞지르고 그대로 골인했다.

"아닛……?!"

"잘 알아둬. 이 게임은 코너를 공략해야 해."

유키나 선배는 자신만만하게 그렇게 말했다. 모르는 사이에 나보다 실력이 늘었어, 이 사람.

"다녀왔습니다, 여러분."

말을 거니 유키나 선배가 먼저 이쪽을 봤다.

"어서 와, 팬티 케이타. 오늘은 머리에 안 뒤집어썼구나."

"누가 팬티 케이타인가요…… 그건 그렇고, 게임 실력이 엄청 늘었네요."

"그래. 문화제가 끝난 뒤부터 제법 했으니까."

유키나 선배가 자랑스럽게 그렇게 말하니 사쿠라코의 눈썹이 움찔했다.

"문화제…… 그 말을 들으니 그 지긋지긋한 연극이 떠오르네요."

사쿠라코는 미워죽겠다는 듯이 나를 째려봤다.

왜 그렇게 무서운 표정을 짓고 있는 걸까. 이해가 안 된다.

"저기…… 사쿠라코도 우리 연극을 봤어?"

"아뇨. 문화제에 간 친구에게 들었어요. 키스신이 있었다면서요."

아 그런가. 화내는 이유를 이해했다. 유키나 선배를 좋아하는 사쿠라코에게 키스신이 용납될 리가 없지…….

"케이타 씨. 그 키스는 누가 흑막이죠? 각본가? 아니면 연기자?"

사쿠라코는 나에게 얼굴을 훅 가까이 댔다.

"그, 그건, 그러니까……."

어떡하지. 솔직하게 '범인은 유키나 선배'라고 말할 순 없잖아.

"……사쿠라코. 그건 연기를 하다보니 입술이 살짝 닿았을 뿐이야. 사고 같은 거지."

내가 다물고 있자 유키나 선배가 도와줬다.

"사고라고요?"

"그래."

유키나 선배가 부드럽게 타이르니 사쿠라코는 안도의 한숨을 쉬었다.

"그럼 안심이네요. 반의 상연물…… 다시 말해 '소꿉놀이'로 언니의 첫키스를 빼앗기는 일은 있어서는 안 돼요."

그 순간, 분위기가 굳어졌다.

사쿠라코의 쓸데없는 한마디가 유키나 선배의 역린을 건드린 것이다.

"……소꿉놀이라고?"

유키나 선배의 미간에 주름이 꽉 잡혔다. 그녀의 눈동자에 분노가 차올랐다.

지금까지 유키나 선배의 화난 얼굴은 몇 번이나 봐왔다. 그때마다 난 관절기에 걸렸다.

하지만 이만큼 화난 얼굴은 본 적이 없다.

아마 진심으로 화가 났을 것이다. 동료와 함께 만든 연극을 깔본 것이 용서가 안 되는 모양이다.

이대로 있으면 싸움이 난다. 난 두 사람 사이에 끼어들었다.

"어른스럽지 못해요, 유키나 선배. 사쿠라코는 아스카의 일을 모르잖아요."

"비켜, 하인."

유키나 선배는 나를 무시하고 사쿠라코와 대치했다.

"사쿠라코. 지금 우리의 연극을 소꿉놀이라고 했어?"

"문화제에서 하는 반 상연물은 추억 만들기잖아요? 놀이가 아닌가요?"

사쿠라코는 '언니도 참, 그렇게 정색할 것 없잖아요'라며 헤실헤실 웃었다.

그 태도가 좋지 않았다. 화난 유키나 선배는 사쿠라코의 어깨를 세게 잡았다.

"함부로 말하지 마."

"아얏…… 어, 언니?"

"나한테는 무슨 말을 해도 참을 수 있어. 하지만, 동료가…… 아스카나 코미미가 진심으로 만든 연극을 바보 취급하지 마. 너한테 그 아이들을 비웃을 자격은 없어."

사쿠라코는 뒤늦게 유키나 선배가 화 났다는 걸 깨닫고 황급히 사과했다.

"죄송해요, 언니. 전, 문화제 출품작에 열중한 경험이 없어서……. 언니와 모두가 얼마나 진지하게 극에 임했는지 몰랐어요. 반성하고 있어요."

하지만 유키나 선배는 사쿠라코의 사과를 받아들이려 하지 않았다. 미안해하는 사쿠라코를 보고도 아무 말 없이 돌아가려 했다.

"잠깐, 언니!"

"사쿠라코의 '좋아하는 것을 좋아한다고 가슴을 펴고 말

할 수 있는 점'을 난 존경하고 있었는데……. 너, 다른 사람이 좋아하는 것은 깔보는구나. 실망했어."

"앗, 그, 그건……!"

"……나, 오늘은 이만 집에 갈게."

쾅!

유키나 선배는 힘차게 문을 닫고 방에서 나갔다.

사쿠라코는 시간이 멈춘 것처럼 꼼짝도 하지 않았다. 유키나 선배가 한 말이 어지간히 쇼크였던 모양이다.

조금 전까지는 자매처럼 사이가 좋았는데……. 약간의 엇갈림으로 이렇게 되다니.

난 사쿠라코의 등에 손을 살짝 댔다.

"괜찮아, 사쿠라코. 지금쯤 유키나 선배도 어른스럽지 못했다면서 반성하고 있을 거야. 실제로 말이 좀 심하기도 했고. 그러니까 너무 신경 안 쓰는 편이…… 사쿠라코?"

사쿠라코의 눈에서 눈물이 흘러 떨어졌다.

"으에에엥…… 언니이이……."

"사, 사쿠라코……?"

"언니, 절 싫어하지 마세요……. 아직은 곁에 있게 해주세요오오……! 으에에에엥!"

사쿠라코는 아이처럼 흐느껴 울었다.

……'곁에 있게 해달라'는 게 무슨 말이지?

그리고 아까 유키나 선배가 한 말…… '사쿠라코를 존경하고 있다'는 것도 좀 의외다.

"괜찮아, 사쿠라코. 화해할 수 있도록 내가 도와줄게. 알 았지?"

"으에에에엥…… 케이타 씨이이이……."

"그래그래. 울지 마, 울지 마."

묘한 위화감을 품은 채로 나는 사쿠라코가 울음을 그칠 때까지 옆에 있었다.

◆

두 사람이 싸우고 며칠이 지난 어느 날 방과 후의 일이다.

"잘 가, 아스카."

"응. 내일 봐."

난 아스카와 인사를 나누고 교실을 나섰다.

아스카는 친구와 여자 모임이 있어서 하교는 나 혼자가 됐다. 어라? 그 녀석이 여자였나? 점점 알 수 없게 되고 있는데, 뭐, 최근엔 성별 같은 건 사소한 문제라고 생각하기 시작했다. 성별 관계없이 아스카답게 지낼 수 있다면 그걸로 좋다.

자. 혼자서 행동할 수 있다면 마침 상황이 좋다.

"그 둘을 화해시켜야 하는데……."

복도를 걸으면서 유키나 선배와 사쿠라코에 대해 생각

했다.

싸운 날 이후로 둘 다 내 방에 오지 않았다. 방에서 우연히 마주치는 걸 피하고 있는 것이리라.

아무래도 신경이 쓰여서 두 사람에게 메시지를 보내봤다. 하지만 읽음 표시만 나올 뿐, 둘 다 반응이 없었다. 아직 싸우는 중인 듯하다.

오늘은 유키나 선배를 살펴보러 방에 가볼까.

그런 생각을 하면서 교문을 향해 가는데 문득 이변을 깨달았다. 어째 교문 주변이 소란스러웠다.

가까이에 있는 학생들이 수군거리며 이야기하는 게 들렸다.

"저기. 왠지 수상한 사람이 있는데······."

"뭐야, 저 수상한 모습은? 선생님께 연락하는 게 좋지 않아?"

"저건 여학교의 교복이지?"

뒤숭숭하네. 수상한 사람이라니······ 아니, 잠깐만.

지금 여학교의 교복을 입고 있다고 하지 않나?

"설마 사쿠라코······일 리는 없나."

확실히 그녀의 내면은 수상하기 짝이 없다. 하지만 외모는 지극히 정상적이다. 수상한 사람 취급받을 일은 없을 것이다. 쓸데없는 걱정이다.

교문을 나서니 근처 여학교의 교복을 입은 여자아이가

서 있었다. 선글라스를 쓴데다가 '수상한 사람이 아닙니다' 라고 적힌 어깨띠를 걸치고 있었다.

……무엇보다 안타깝게도 익숙한 헤어스타일이었다. 어떻게 봐도 사쿠라코잖아!

"……저기, 사쿠라코?"

"케이타 씨, 기다리고 있었어요. 같이 돌아가지 않을래요? 하고 싶은 얘기가 있어요."

"그건 상관없는데…… 그 차림은 뭐야?"

"언니를 뵐 낯이 없어서 만에 하나라도 우연히 마주쳐도 괜찮도록 변장했어요. 이 모습이라면 안 들키잖아요?"

아니, 무조건 들키지. 변장이 형편없네.

잊고 있었어. 네가 변태일 뿐만 아니라 덜떨어졌다는 걸 말이야!

하아……. 뭐, 장난칠 기운은 있는 것 같으니 안심했어.

"괜찮다면 찻집으로 가자. 거기서 이야기를 천천히 들려줘. 내가 살 테니까."

"오옷, 고맙습니다! 그럼 바로 가죠!"

"……그 전에 그 이상한 변장부터 좀 어떻게 해."

"힝, 은근 마음에 들었는데……. 어쩔 수 없네요."

사쿠라코가 마지못해 변장 용품을 가방에 넣는 걸 지켜본 후에 둘이서 찻집으로 향했다.

◆

잠시 걸어서 역에서 조금 떨어진 찻집에 도착했다. 듣자 하니 사쿠라코가 좋아하는 가게라고 한다.

목제 테이블에 목제 의자. BGM은 클래식이었다. 가게 안에는 복고적인 분위기가 감돌고 있었다. 손님도 별로 없으니 차분하게 이야기할 수 있을 것 같다.

"그래서? 유키나 선배랑 화해했어?"

그렇게 물어보니 사쿠라코는 고개를 좌우로 저었다.

"그 후로 사죄의 메시지를 보냈지만, 답장이 없어요. 언니가 화가 꽤 많이 난 것 같아요."

사쿠라코는 블렌드 커피를 한 입 홀짝였다.

"케이타 씨. 어떻게 하면 화해할 수 있을까요?"

"그거 말인데, 먼저 물어보고 싶은 게 있어. 둘은 원래 어떤 사이야?"

싸움의 원인은 사쿠라코가 문화제의 연극을 바보 취급했기 때문이지만, 아무래도 그 이상으로 뿌리 깊은 문제가 있는 것처럼 느껴졌다. 둘을 화해시키려면 관계성을 제대로 알아두는 게 좋을 것이다.

"그걸 먼저 이야기해야겠네요……. 언니와 만난 건 중학생일 때에요."

사쿠라코는 둘의 첫 만남을 쑥스러운 듯이 이야기하기

시작했다.

"의외라고 생각할지도 모르겠지만, 전 미연시를 즐겨요."

"전혀 의외가 아닌데. 오히려 예상하던 일인데."

"중학교 때, 제 옆자리에 앉는 아이가 미연시에 관심을 가져서 말이죠. 그러면 오타쿠가 아니더라도 꼭 포교하고 싶어지잖아요?"

"안심해. 넌 친구를 늪에 끌어들이는 오타쿠의 귀감이야."

"전 그 아이에게 미연시를 빌려주려고 학교에 가져갔어요. 지금 생각해보면 완전히 오타쿠 같은 행동이었어요. 소생, 오타쿠가 아닙니다만 ㅋㅋㅋ."

"일인칭이 소생인 녀석이 실존했구나."

"하지만 전 실패하고 말았어요."

사쿠라코는 교문에서 요란하게 넘어졌다. 그때 토트백에 넣어둔 주옥같은 미연시들이 튀어나오고 말았다고 한다. 여담이지만 그중 8할이 백합 게임이었다고 한다.

"전 전교생에게 성벽이 들통났다고 생각했어요."

"듣기만 해도 지옥이네."

"마침 그때, 같은 반 아이가 지나갔어요. 그 아이는 절 바보 취급했어요. 여자아이가 미연시를 하다니 이상하다고."

"……그런 말을 들었구나."

이 얼마나 부질없는 주장인가.

취미에 성별은 상관없다. 남자아이가 마법 소녀를 좋아

할 수도 있고, 여자아이가 특촬물 히어로의 변신 포즈를 따라 할 수도 있다. 누구든 자신이 좋아하는 것을 타인이 부정할 권리는 없을 것이다.

"전 화가 나서 반박했어요. 백합 게임을 좋아하는 게 뭐가 나쁘냐고!"

"성벽이 들통났는데 씩씩하네. 그래도 잘 말했어! 멋있어, 사쿠라코!"

"하지만 숫자에는 당해낼 수 없었어요. 그 아이의 친구가 모여들어서 다 같이 절 비웃었어요. 전, 무서워져서 반론하지 못했어요……."

사쿠라코는 '그때 나타난 사람이 언니에요'라며 자랑스럽게 말했다.

"언니는 모두를 향해 말했어요……. '좋아하는 걸 좋아한다고 말하는 게 그렇게 이상해? 난 훌륭하다고 생각해'라고."

"그런가……. 유키나 선배답네."

"그 뒤에는 상스러운 말로 매도해서 그 아이들을 울렸어요."

"정말 유키나 선배답네!"

"그때의 언니는 마치 영웅 같아서…… 전 한눈에 반하고 말았어요."

아, 알 것 같다. 아스카가 문화제에서 연극의 대역을 부탁했을 때도 그랬지만, 동료가 위기에 빠졌을 때는 멋지게 해결해준단 말이지, 유키나 선배는.

"전 그날 이후로 언니처럼 멋진 여성이 되기로 정했어요. 이상적인 자신이 될 때까지 언니 곁에서 여러 가지를 배우려고 했어요."

그렇구나. '아직은 곁에 있게 해달라'는 게 그런 말인가.

유키나 선배가 사쿠라코를 존경하는 이유도 알겠다. 성벽이 다 드러난 지옥 같은 상황에도 자신이 좋아하는 것을 관철한 사쿠라코를 동경했을 것이다. 유키나 선배는 금방 본심──'좋아한다'는 마음을 숨기니까.

그래도 이 이야기를 듣고 두 사람이 서로를 존경하는 관계라는 것을 알았다.

그렇다면 잔꾀를 쓸 필요는 없을 거다. 진심으로 사과하면 유키나 선배는 분명 용서해줄 것이다.

"두 사람 다, 엄청 좋은 관계잖아. 화해할 수 있을 거야, 분명."

"하지만 답장조차 안 오는데요……."

"오랫동안 알고 지냈으니 너도 알잖아? 유키나 선배는 심술쟁이야. 기다리기만 하면 계속 쌀쌀할걸?"

"케이타 씨……."

"괜찮아. 유키나 선배도 사쿠라코랑 화해하고 싶을 거야. 한 번 더 직접 만나서 마음을 전해."

"······넵! 그렇게 할게요!"

사쿠라코는 '오늘은 언니가 정말 좋아하는 치즈 케이크를 가지고 사과하러 갈까' 하고, 화해 계획을 세우기 시작했다.

좋아. 이제 사쿠라코는 괜찮을 것 같네.

자······ 그럼 이번에는 손이 많이 가는 선배를 도와줄까.

"미안, 사쿠라코. 나 볼일이 좀 생각나서 이만 갈게."

난 책상에 1,000엔 지폐를 두고 일어섰다.

"그런가요. 케이타 씨, 커피 잘 먹었습니다."

"별말씀을."

"그리고······ 상담에 응해주셔서 감사합니다. 케이타 씨는 역시 상냥하네요."

사쿠라코가 웃으며 말했다.

그녀의 솔직한 말이 왠지 간질간질했다.

"하핫. 조금은 다시 봤나?"

난 부끄러움을 숨기려고 농담을 하고 찻집에서 나왔다.

◆

찻집에서 한동안 걸어서 공동주택에 도착했다.

나는 내 방으로 돌아가지 않고 유키나 선배의 집 앞에 섰다.

사쿠라코의 뒤는 밀어줬다. 다음은 유키나 선배 차례다.

……하지만 이 사람은 심술쟁이. 내 의견을 순순히 들을지 어떨지.

불안을 느끼면서 유키나 선배의 집의 인터폰을 누르려고 손을 뻗었다.

그때였다.

문 너머에서 유키나 선배의 꾸밈없는 목소리가 들려왔다.

『저질러버렸어…… 또 저질러버렸다고오오오오!』

나왔다! 우는 아이도 모에하게 만드는 문 너머에서 부끄러워하기!

『사쿠라코에게 심한 말을 해버렸어어어……! 사과하면 끝나는데 사과하지 못했어. 난 왜 이렇게 고집이 센 걸까……. 정말! 유키나는 바보야 바보!』

이거 봐라. 역시 유키나 선배도 사쿠라코와 화해하고 싶었잖아.

『하지만, 난 이번에는 잘못 없어. 사쿠라코가 사과하러 올 때까지 용서 안 해줄 거야. 나한테도 선배의 위엄이 있는 걸……! 하지만 사쿠라코랑 빨리 화해하고 싶은데……. 으으~, 어떡하지! 케이타, 도와줘어어어!』

유키나 선배는 문 너머로 도움을 요청했다.

……살짝 소리쳐도 되나?

유키나 선배 완전 귀엽잖아아아아아아아!

선배의 위엄을 신경 쓰고 있었던 거냐! 없다고, 그런 건! 다들 유키나 선배가 성가신 사람이라는 걸 어렴풋하게 알아차리고 있으니까!

그리고 위엄과 화해를 저울질하며 고민하는 모습이 너무 귀여워! 자존심을 버리고 빨리 사과해! 유키나 바보 바보!

게다가 결국에는 후배에게 의지하다니……. 선배의 위엄은 어디에도 없잖아! 이 응석꾸러기 녀석! 좋아, 내 가슴에 뛰어들라고! (꽃미남 보이스)

──라고 외치는 건 하책이니 평범하게 설득하자.

『흐에에에엥…… 미안해, 사쿠라코…….』

정말 선배의 위엄은 어디로 갔는지. 유키나 선배는 아이처럼 사과했다.

이래서 유키나 선배는 미워할 수 없다.

"……괜찮아요, 유키나 선배. 사쿠라코도 화해하고 싶어하니까요."

난 가볍게 미소 짓고 인터폰의 버튼을 눌렀다.

잠시 뒤에 문이 열렸다.

"네. 누구세……!"

덜컹!

나와 눈이 맞자 유키나 선배는 힘차게 문을 닫았다.

"아니, 왜 닫는 거야?!"

"그렇게 쉽게 집에 들일 수는 없어. 암호를 말해."

"여자 혼자 사는데 방범이 구닥다리야!"

암호는 또 뭐야. 아지트냐고.

"하아…… 사쿠라코랑 아직 화해 못 했죠? 상담해줄 수도 있는데."

도움의 손길을 내미니 문이 천천히 열렸다.

"……그렇게까지 말한다면, 들어와도 괜찮은데."

유키나 선배는 뾰로통한 얼굴로 그렇게 말했다. 유키나 선배는 이런 때에도 정상 운행이었다.

……그러고 보니 내가 유키나 선배의 집에 들어가는 건 처음 아닌가? 매일같이 유키나 선배가 내 방에 와서 갈 기회가 없었지.

아니, 애초에 여자애의 방에 들어간 적이 없다.

……이런, 갑자기 좀 긴장되는데.

"시, 실례합니다!"

신발을 벗고 유키나 선배의 방에 들어갔다.

방의 정중앙에 작은 하얀색 테이블이 있고, 그 양옆으로 텔레비전과 침대가 설치되어 있었다.

가구와 인테리어를 포함해서 흰색이 많은 방이었다. 커튼만은 연한 핑크색이라 차분한 분위기 속에 약간의 여자다운 느낌이 있었다.

다만, 침대만은 소녀 취향이 가득했다.

베갯머리에는 대량의 인형이 놓여있었다. 동물부터 캐

릭터 인형까지 가리는 것이 없었다. '귀여운 걸 모았습니다' 라는 느낌이 엄청 많이 느껴졌다.

"오오…… 유키나 선배의 방, 의외로 소녀틱하네요."

"너무 뚫어지게 보지 마. 부끄러워."

"미안해요, 여자의 방에 들어오는 게 처음이라 그만……."

"그래? 그럼 내가 케이타의 처음이네…… 에헤헤."

유키나 선배의 미소는 부드러웠다. 오늘은 좋아하는 티를 내는 게 빠르구나. 어쩌면 자기 방에 있으면 원래 모습이 나오기 쉬운 걸지도 모르겠다.

눈이 맞자 유키나 선배는 갑자기 뚱한 얼굴로 침대에 걸터앉았다.

"케이타. 적당히 앉아. 하인에겐 땅바닥이 딱이야."

다리를 꼬고 거만하게 으스대며 앉는 유키나 선배. 방금까지 '흐에에에엥' 하고 울던 사람의 태도가 아니었다.

내가 내심 기막혀하고 있으니 유키나 선배는 말하기 거북한 듯이 이야기하기 시작했다.

"그, 그러니까, 케이타는 그 뒤에 사쿠라코랑 만났어?"

"네. 오늘 만나서 잠깐 이야기했어요."

"그래……. 사쿠라코의 상태는 어땠어?"

"반성하고 있었어요. 슬슬 용서해줘도 되지 않을까요?"

내가 바닥에 앉아 타이르니 유키나 선배는 토라진 것처럼 입술을 삐죽 내밀었다.

"하지만 난 잘못 없는걸."

"하아⋯⋯. 쓸데없이 자존심은 세다니깐."

"뭐야, 케이타는 사코라코의 편을 드는 거야?"

"어느 쪽의 편도 아니지만, 사쿠라코는 자신의 잘못을 인정하고 있어요. 유키나 선배는 어때요?"

"그, 그건⋯⋯. 말이 좀 심했을지도."

시무룩하게 고개를 숙이는 유키나 선배. 드디어 자신의 잘못을 인정한 모양이다.

"그럼 사과해야죠."

"하지만 내가 사과하는 건 뭔가 아니지 않아? 따지고 보면 사쿠라코가 잘못한 거고. 이런 건 도리에 맞게 해결해야지."

"성가시구만⋯⋯. 그럼, 이렇게 하죠. 사쿠라코가 사과하면 유키나 선배도 사과한다. 이 정도는 할 수 있죠?"

"⋯⋯알았어. 그렇게 할게."

유키나 선배는 무뚝뚝한 얼굴로 그렇게 말했다. 진짜 솔직하지 못하네, 이 사람은.

"잠깐 케이타. 뭘 웃는 거야."

"유키나 선배가 사과한다는 약속을 한 게 장하다 싶어서요."

"뭐야 그게⋯⋯. 날 어린애 취급할 생각이야?"

유키나 선배는 볼을 탱탱하게 부풀리고 날 쩨려봤다. 그 얼굴이 어린애 같다고 누가 유키나 선배한테 가르쳐줘.

유키나 선배의 귀여운 화난 얼굴을 보고 웃고 있으니 방의 인터폰이 울렸다. 아마 사쿠라코일 것이다.

"자, 유키나 선배."

"아, 알고 있어."

유키나 선배는 한 번 심호흡한 뒤에 현관으로 향했다. 나도 뒤에서 따라갔다.

문을 열었지만, 거기에는 아무도 없었다.

이상하게 생각한 우리는 밖으로 나갔다.

"어라…… 사쿠라코?"

사쿠라코는 공동주택 복도에 서 있었다. 우리는 사쿠라코가 있는 곳으로 갔다.

"사쿠라코…… 있잖아, 나——."

"미안해요, 언니."

사쿠라코는 유키나 선배의 말을 막고 머리를 숙였다.

"전, 언니가 '좋아하는 것'을 바보 취급하고 말았어요. 언니와 언니의 친구를 깔봤을 뿐만 아니라 저를 존경해준 언니의 마음을 배신했어요……. 정말 죄송합니다."

유키나 선배는 사쿠라코의 '좋아하는 것을 좋아한다고 말할 수 있는 성격'을 존경하고 있었다.

그런 사쿠라코가 유키나 선배가 '좋아하는 것'을 바보 취급했다. 유키나 선배에게는 충격적인 사건이었을 것이다.

그래도 이제는 용서할 수 있죠?

유키나 선배는 솔직해지지 못했을 뿐.

자신의 잘못을 인정하고 사과하면 다시 사이좋은 관계로 돌아갈 수 있어.

"……나야말로, 미안해."

유키나 선배는 이번에야말로 솔직하게 사과했다.

"나도 사쿠라코한테 심한 말을 했어. 계속 사과하고 싶었지만, 좀처럼 솔직해지지 못해서……. 네가 동경한 '멋진 언니'가 아니라 미안해. 환멸했어?"

"그, 그럴 리가 없죠! 언니는 지금도 제 동경의 대상이에요!"

사쿠라코는 눈물이 글썽글썽한 눈으로 유키나 선배를 바라봤다.

"그러니까…… 앞으로도 언니 곁에 있어도 되나요?"

반짝반짝 빛나는 그 말에 유키나 선배도 눈물지었다.

잠시 뒤에 유키나 선배의 부드러운 목소리가 공동주택 복도에 울렸다.

"어쩔 수 없네. 넌 정말 응석받이야."

"훌쩍…… 언니이이이!"

사쿠라코는 울면서 유키나 선배의 가슴에 뛰어들었다.

"울지 마. 사쿠라코는 웃는 게 귀여워."

유키나 선배는 아이를 달래듯이 사쿠라코의 등을 토닥

토닥 두드렸다.

사쿠라코의 완전히 마음을 놓고 우는 얼굴. 그리고 유키나 선배의 다정한 웃음 띤 얼굴. 두 사람의 아름다운 표정은 다름 아닌 화해의 상징이다.

두 사람을 보고 있으면 마치 진짜 자매처럼 보이니 신기했다.

"언니이이…… 너무 좋아요오오…… 훌쩍."

"정말. 더럽잖아……. 나도 좋아해."

둘이 웃는 얼굴이 눈부셔서 나도 따라서 웃었다.

……방해하면 안 되겠지.

난 살짝 기척을 숨기고 내 방으로 돌아갔다.

◆

그날 밤, 집에서 편하게 쉬고 있으니 인터폰이 울렸다.

현관문을 여니 사쿠라코가 서 있었다. 낮에 울어서 그런지 눈이 아직 조금 빨갰다.

"안녕하세요, 케이타 씨."

"사쿠라코? 무슨 일이야, 이렇게 밤늦게."

"케이타 씨 덕분에 언니와 화해했으니 감사를 전하러 왔어요. 정말 감사합니다."

사쿠라코는 그렇게 말하고 고개를 꾸벅 수그렸다.

"착실하네. 그냥 메시지로 해도 되는데."

"직접 만나서 말로 전하고 싶었어요. 아, 이거 받으세요."

사쿠라코가 갈색 봉지를 나에게 건넸다.

"이게 뭐야?"

"상담에 응해주신 답례예요. 안에 든 건 직접 볼 때까지 기대해주세요."

"아니, 내가 좋아서 한 일이니까 마음 쓰지 않아도 되는데……."

"제 마음이니까요. 부디 받아주세요."

"……알았어. 고마워."

감사의 마음을 저버리는 것도 예의가 아니겠지. 난 순순히 봉지를 받았다.

근데 이 봉지, 의외로 묵직한데? 대체 뭐가 들어있는 거지?

"답례까지 받으니 조금 미안하네. 난 거의 아무것도 안 했는데."

"그렇지 않아요. 전 요즘 이렇게 느껴요. 케이타 씨는 무척 의지가 되는 분이라고."

사쿠라코는 볼을 빨갛게 물들이고 웃었다. 며칠 전까지 나에게 적의를 품고 있었다는 게 거짓말 같았다.

"하핫. 오늘은 엄청 잘 따르네. 사쿠라코답지 않아."

놀릴 생각으로 말했는데, 어째 사쿠라코의 반응이 이상

했다.

사쿠라코는 내 말을 받아들이듯이 작게 고개를 끄덕였다.

"그렇네요……. 어쩌면 케이타 씨를, 약간 좋아하게 됐을지 모르겠어요."

"그렇구나. 어? 뭐라고?"

"케이타 씨를 좋아하게 됐을지 모른다고요."

"뭐…… 뭐라고오오오오오?!"

예상치 못한 고백에 볼이 화악 뜨거워졌다.

왜 사쿠라코가 나에게 호의를……?! 기, 기쁘긴 하지만! 귀여운 여자애한테 좋아한다는 말을 들으면 두근거리긴 하지만!

하지만 사쿠라코만큼은 나에게 반한다는 일은 있을 수 없는 일일 것이다.

"좋아한다니……! 사쿠라코는 유키나 선배를 좋아하는 거 아냐?"

"좋아하는 사람이 두 명이면 안 되나요?"

"그건 좋지 않을 것 같은데?!"

넌 하렘을 노리는 거냐?!

"케이타 씨를 생각하면, 가슴이 따뜻해져요. 의지가 되는 사람은 정말 멋져요."

부끄러운 듯이 웃는 사쿠라코를 보니 나도 모르게 가슴이 두근거렸다.

……살짝 소리쳐도 되나?

너 캐릭터가 다르잖아아아아아아아!

뭘 후배 히로인 행세를 하는 거냐고! 넌 그냥 상급 변태 잖아! '케헤헤. 언니, 오늘은 어떤 속옷을 입었나요?'라고 하면서 침 흘리는 게 어울린다고!

평소에는 성욕이 그득해서 눈동자가 더러운데, 오늘따라 눈동자가 맑은 건 대체 뭐냐! 그만해! 두근두근하니까!

──라고 말할 수 있을 리가 없다.

그리고 날 좋아한다고 해도 말이지…….

난 유키나 선배를 좋아하니까.

"전, 연모하고 있어요…….."

사쿠라코가 나에게 다가왔다. 그녀의 동글동글하고 커다란 눈동자에 당황한 내 모습이 비쳤다.

은은하게 나는 달콤한 향기에 어질어질하고 있으니 사쿠라코가 빙긋 웃었다.

"좋아해요…… 케이타 오라버니."

사쿠라코는 얼굴을 빨갛게 물들이고 고백을…… 아니, 오라버니?

"사쿠라코? 오라버니는 또 뭐야……?"

"케이타 씨는 의지가 되는 오라버니이니까요. 너무 좋아!"

뭐야 이건. 좋아한다는 게 '오빠가 너~무 좋아!'란 뜻 이냐?! 가족애였냐!

헷갈리게 하고 있어……. 고백인 줄 알았잖아. 내 두근거림을 돌려줘! 바~보 바~보!

"케이타 오라버니. 오늘부터 '오라버니'라고 불러도 되나요? 절 동생으로 삼아주세요."

"아니, 안 돼. 멋대로 부르지 마."

"후훗, 역시 거부당했군요. 이럴 줄 알고 함정을 파놓길 잘했어요."

"함정이라고? 또 뭐야?"

"케이타 오라버니가 '오라버니'라고 불리고 싶어질 만한 물건을 골랐어요."

사쿠라코는 내가 들고 있는 봉지를 자신만만하게 가리켰다.

"무슨 말인지 모르겠는데. 이거랑 무슨 상관……."

"그럼 안녕, 오라버니!"

사쿠라코는 내 대답을 기다리지 않고 파닥파닥 발소리를 내면서 돌아갔다.

"대체 안에 뭐가 들었길래……."

난 방으로 돌아가 침대에 걸터앉아 봉지에 손을 넣어 안에 있는 것을 꺼냈다.

"……만화책인가? 열 권은 있는 거 같은데."

그렇군. 무거운게 당연했다.

난 만화책을 침대 위에 늘어놓고 표지를 확인했다.

"이, 이건……!"

제목을 보고 기겁했다.

왼쪽부터 순서대로 '여동생☆플러스 ~친동생이라도 하자, 오빠~!', '친한 친구의 여동생과 몰래 야한 짓을 해봤다', '일곱 명의 여동생 ~침대 위에서 일곱 명이랑!~', '열투! 여동생 변태 코시엔!', '내 여동생은 사디스틱'…… 거기까지 확인하고 보는 것을 그만뒀다.

……좀 진심으로 소리쳐도 되나?

"전부 야한 책이잖아아아아아!"

답례품이 여동생물 야한 책이라니 어떻게 된 거냐! 이렇게 강매한다고 여동생을 좋아하게 될 리가 없잖아!

그리고 제목도 너무하고! 뭐냐고 '내 여동생은 사디스틱'이! 미묘하게 내 성벽을 공략하지 마!

……이, 일단 이 책만은 읽어볼까!

역시 허당 여자. 내 예상을 아득히 뛰어넘는다……!

"젠장. 오늘 밤은 길어질 것 같군……."

난 누워서 허겁지겁 '내 여동생은 사디스틱'을 펼쳤다.

　난 지금 내 방에서 샤로와 애니메이션 영화를 보고 있다.

　장르는 마법 소녀물. 일요일 아침에 방송할법한 여아용 애니메이션이다.

　제목은 '서비스 잔업 마법 소녀 네네코'. 잘은 모르겠지만 이 애니메이션에 등장하는 마법 소녀는 근로기준법의 보호를 받지 못하고 있다.

　텔레비전 화면에는 주인공 네네코가 나오고 있었다. 적과의 전투 장면이다.

　『잔업 싫은걸! 무임금 노동 싫은걸! 난 마법 소녀로 있을 수 없어♪』

　갑자기 슬픈 삽입곡이 흘렀다.

　내 옆에서 교복 차림의 샤로가 그 곡에 맞춰서 절도 있는 댄스를 선보이고 있다. 팬시한 곡조인데 어째서인지 댄스는 격렬했다.

　……일단 이렇게 된 경위를 설명해두자.

　어제 심야, '서비스 잔업 마법 소녀 네네코' 극장판의 첫 지상파 방송이 있었다고 한다. 샤로는 그걸 녹화해서, 오늘 집에 돌아온 뒤에 자기 집에서 보려고 했다.

　하지만 이때 문제가 발생했다. 동거하는 언니가 업무 중이었다.

　전에 샤로의 언니는 일러스트레이터라는 말을 들은 적

이 있다. 분명 마감이 얼마 안 남았을 것이다.

샤로는 언니의 일을 방해하지 않으려고 집에서 보기를 포기했다.

하지만 꼭 보고 싶었는지 DVD에 영화를 녹화해서 내 집에 온 것이다.

"힘내라~! 네네코, 지지 마~!"

네네코에게 성원을 보내며 걱정스럽게 화면을 바라보는 샤로. 어떻게 봐도 5살짜리 아이로밖에 안 보였다.

화면에서는 네네코가 적을 몰아붙이고 마법을 외우고 있었다.

『사무실에서 혼자 운 밤을 세어라…… 받아라, 과로사 파이어!』

사회문제의 업화에 휩싸인 적이 반짝이는 빛을 두르며 사라졌다. 대체 무슨 마법이냐.

당황한 날 아랑곳하지 않고 샤로는 뿅뿅 뛰며 기뻐하고 있었다.

"와~! 네네코가 이겼다~!"

"샤로. 중2병 설정은?"

"샤로라고 하지 마! 크크크…… 역시 마법 소녀 네네코. 그녀의 팽배한 마력은 사안에 필적한다. 이 몸의 오른팔로 삼고 싶을 정도다."

"그렇구나. 네네코랑 친구가 되고 싶어?"

"네네코가 이 몸의 권속이라니, 황송하다. 최애는 머나먼 저편에서 지켜보는 것이 이 세상의 이치다."

샤로는 최애를 멀리서 지켜보는 타입의 오타쿠였다. 그건 세상의 이치가 아니라 그냥 진중한 팬 심리라고 생각한다.

"뭐…… 친구는, 있으면 조금 좋겠지만."

샤로는 마지막에 그렇게 덧붙였다.

그녀는 학교에 친구가 없다. 아무도 그 기발한 중2 센스에 따라가지 못하기 때문이다.

본인도 쓸쓸해 하니 좀 불쌍하단 말이지. 똑같은 취미를 가진 아이가 있으면 좋겠지만, 본격적으로 중2병인 아이는 좀처럼 없다.

그런 생각을 하고 있으니 현관의 인터폰이 울렸다.

"네~. 지금 갑니다."

난 현관으로 향했다.

문을 여니 거기에 사쿠라코가 서 있었다. 학교에서 바로 왔는지 교복 차림이었다.

"안녕하세요. 오라버니. 놀러 왔어요."

"안녕. 놀러 오는 건 좋지만, 그렇게 부르지 마."

"어머어머, 케이타 오라버니도 참. 말은 그렇게 해도 사실은 여동생이 생겨서 흥분되죠?"

"안 되는데."

오히려 흥분이 아니라 짜증이 난다고.

"어라? 먼저 온 손님이 계신가요?"

사쿠라코는 현관에 놓인 샤로의 신발을 보고 그렇게 말했다.

"응. 여자애 한 명이 놀러 와있어. 샤로는 만난 적 없었지. 소개할게."

"그랬나요. 부탁드립니다."

나와 사쿠라코는 거실로 이동했다.

"샤로, 잠깐 괜찮을까? 내 친구를 소개할게."

"샤로……? 어머. 같은 반 친구가 아닌가요."

"어?! 진짜?!"

그건 몰랐다.

그러고 보니 둘 다 똑같은 여고에 다니는 1학년이었지. 설마 아는 사이일 줄은 몰라 놀랐다.

어라? 그럼 둘은 친구인 건가?

그렇지 않다고 해도 앞으로 친구가 될 가능성이 있다.

잘됐네, 샤로. 너에게도 드디어 친구라 부를 수 있는 사람이 생겨서. 아저씨는 기뻐서 좀 울 것 같아.

……그렇게 생각하고 있었지만, 현실은 냉혹했다.

샤로는 사쿠라코와 눈을 마주치자 부들부들 떨기 시작했다.

"아니…… 쿠, 쿠보 사쿠라코! 네놈, 어째서 이 몸의 성에 있는 거지!"

"여긴 당신의 성이 아니라 오라버니의 방일 텐데요."

"시, 시끄러워 바보야! 여긴 이 몸과 권속의 쉼터니까 나가!"

"매정한 말은 하지 마세요, 샤로쨩 씨."

"쨩 씨라고 하지 마!"

샤로는 내 뒤로 돌아가 몸을 숨기면서 사쿠라코와 다투기 시작했다.

"저기…… 둘은 친구가 아니야?"

"견원지간!"

내 뒤에서 샤로가 으르렁거렸다. 그르르르, 라며 귀여운 목소리로 으르렁거리고 있다.

한편, 사쿠라코는 쓴웃음을 짓고 있었다.

"전 친해지고 싶은데, 아무래도 미움받는 것 같아요."

"그런가…… 샤로. 사쿠라코랑 친해질 수 없어?"

"그녀는 이 몸의 천적. 손을 잡는 일은 유구의 세월이 지나도 있을 수 없을 것이다."

샤로는 뚱한 얼굴로 사쿠라코를 째려봤다.

어지간히 사쿠라코를 싫어하는 것 같은데…… 대체 뭐가 원인이지?

생각하고 있으니 사쿠라코는 기분 나쁘게 웃으면서 샤로에게 다가갔다. 손을 앞으로 내밀고 손끝을 꿈틀꿈틀 촉수처럼 움직이고 있었다.

"절 무서워하는 샤로쨩 씨의 얼굴…… 상당히 끌리네요, 흐헤헤."

"이쪽으로 오지 마, 변태!"

"변태는 저희 업계에서 포상이에요. 그렇죠, 오라버니?"

사쿠라코는 날 보고 씨익 웃었다. 아무래도 상관없지만 날 변태로 만들지 말라고.

그래도 뭐, 샤로가 사쿠라코를 싫어하는 이유를 알았다. 그냥 변태가 무서운 것이다.

"케, 케이타를 오라버니라고 부르지 마! 케이타는 이 몸의 권속이니까!"

"그럼 샤로쨩 씨와 전 자매네요?"

"왜 그렇게 되는 건데?!"

"뭐, 좋지 않나요. 그런 것보다 저랑 사이좋게 지내요?"

"싫어!"

"그 완고한 얼굴을 쾌락으로 물들여주죠. 후후후…… 과연 당신은 어떤 목소리로 울까요?"

"그만하지 못할까."

난 사쿠라코의 머리를 손날로 가볍게 쳤다.

그러자 그녀는 머리를 문지르면서 뾰로통한 얼굴로 날 째려봤다.

"치이. 오라버니는 샤로쨩 씨의 편인가요?"

"어느 쪽이냐 하면 그렇지. 싫어하는 짓을 하면 안 되지."

"쳇. 전 그저 친해지고 싶을 뿐인데."

사쿠라코는 입술을 삐죽 내밀었다. 네가 말하는 '친하게'는 성적인 의미도 포함하잖아.

그렇다고는 해도 샤로는 친구를 원하고 있다. 사쿠라코가 자중하면 분명 친해질 수 있을 텐데.

그런 고민을 하고 있으니, 사쿠라코는 텔레비전을 보고 소리를 질렀다.

"오오! '서비스 잔업 마법 소녀 네네코'잖아요! 어머, 게다가 극장판이 아닌가요?! 전 극장판은 디스크로 볼 생각이었어요."

사쿠라코는 텔레비전을 잡아먹을 듯이 바라보고 있었다.

"흐음. 사쿠라코도 그 애니메이션 알고 있어?"

"물론이죠. 여아용 애니메이션이라고 깔보지 마시길. 이 애니메이션은 소녀들의 성장을 그리기만 하는 게 아니에요. 사회인의 열악한 노동환경에 날카로운 비판을 가하는 전개는 어른의 공감을 얻고 있어요. 부모와 아이 모두 즐길 수 있는 애니메이션이에요."

사쿠라코는 네네코의 매력을 수다스럽게 이야기하기 시작했다.

그녀의 열변을 듣고 있던 샤로가 쭈뼛쭈뼛 사쿠라코에게 다가갔다.

"저기…… 사쿠라코. 네네코 좋아해?"

"정말 좋아해요. 저, 네네코는 1기부터 쭉 보고 있어요."

그 말에 샤로는 눈을 반짝였다.

한편, 사쿠라코는 텔레비전에 푹 빠져있었다.

"앗, 네네코가 위기잖아요! 지지 마라! 네네코, 힘내라~!"

어휘력이 여자 어린이 수준까지 떨어진 사쿠라코는 진지한 표정으로 네네코를 응원하기 시작했다.

"권속이여. 그, 할 얘기가 있다만……."

샤로는 나에게만 들리는 목소리로 그렇게 말했다.

"뭔데?"

"그…… 사쿠라코랑 친구가 되고 싶다."

샤로는 굉장히 불안한 표정을 짓고 있었다.

그렇구나. 샤로는 드디어 공통의 취미를 가진 동급생을 찾았구나?

그럼 내가 할 일은 하나.

권속으로서 뒤를 밀어주자.

"그 마음을 사쿠라코한테 전해보는 게 어때?"

"그, 그렇지만……."

"괜찮아. 저래 봬도 엄청 좋은 녀석이야. 샤로랑 친해질 수 있을 거야."

"케이타……."

"그리고…… 샤로는 사안왕이잖아? 친구 정도는 간단히 만들 수 있을 거야."

뭐, 나나 쥬리, 유키나 선배는 이미 네 친구지만.

"그런가…… 고마워, 케이타!"

샤로는 고맙다고 하고 트레이드마크인 안대를 벗었다.

"크크크…… 이 몸은 사안왕. 지금 1,000년 만에 개안하여 붕우의 의식을 거행한다."

대담하게 웃는 샤로의 오른쪽 눈은 붉게 물들어 있었다. 알 사람은 다 아는 사안(컬러 콘택트렌즈)이다.

샤로는 사쿠라코에게 말을 걸었다.

"저, 저기…… 사쿠라, 코."

"왜 그러나요, 샤로쨩 씨."

"쨩 씨라고 하지 마! 저기…… 같이 네네코 볼래?"

"네, 저야 좋죠."

"그럼 말이야, 그 전에…… 이, 이 몸과 친구가 되어줄래?"

샤로는 머뭇거리면서 말했다.

그렇게 긴장하지 않아도 괜찮아. 사쿠라코는 무섭지 않아.

왜냐하면 걔는 나와 유키나 선배가 미는 후배니까.

"물론이죠! 전 샤로쨩 씨에게 미움받는 줄 알고 있었으니까 기뻐요!"

"그, 그건…… 네네코를 좋아하는 사람 중에 나쁜 사람은 없다고 생각하니까."

"샤로쨩 씨…… 너무 귀여워요~!"

"와왓! 아, 안기지 마아!"

샤쿠라코는 샤로에게 안겨 볼을 비볐다. 여전히 스킨십을 좋아하는 아이다.

샤로도 입으로는 싫어했지만, 샤쿠라코를 떨어뜨리거나 하지 않는 걸 보니 아주 싫은 건 아닐 것이다.

한 건 해결이네.

샤로에게 처음으로 학교 친구가 생겨서 정말 잘됐다——.

"크헤헤…… 샤로쨩 씨의 얼굴, 하얗고 예쁘네요오. 어디어디, 바디 쪽도 확인해 봐요. 크헤헷……."

"으아아아아앙! 케이타, 도와줘어어어어!"

응…… 둘이 사이좋아지는 건 좀 더 미래의 일일지도 모르겠다.

"샤쿠라코. 샤로가 곤란해하니까 그만해."

난 어이가 없어서 샤쿠라코에게 주의를 줬다.

【유키나 선배는 아르바이트를 하고 싶어】

학교에서 집으로 돌아오니 교복 차림의 유키나 선배가 방에 있었다.

유키나 선배는 무슨 전단지를 열심히 보고 있었다. 평소에는 책을 읽고 있는데 드문 일이다.

"다녀왔습니다, 유키나 선배. 그거 무슨 전단지에요?"

"어서 와, 하인."

유키나 선배는 인사하면서 전단지를 나에게 보여줬다. 역 앞 헌책방의 전단지인데, '아르바이트 모집 중! 경험이 없어도 괜찮아요. 직원이 정성스럽게 가르쳐줍니다!'라고 크고 두꺼운 글자로 적혀있었다.

"유키나 선배, 여기서 아르바이트 하시게요?"

"그래. 나도 책을 좋아하니까, 나하고 잘 맞는 거 같아."

"잘 맞아요? 하핫, 이상한 소릴 하시네요. 유키나 선배가 제대로 접객을 할 수 있을 리가── 아얏!"

말을 끝내기 전에 유키나 선배는 내 엉덩이에 발치기를 날렸다.

"아프잖아요, 참! 갑자기 뭐 하는 거예요!"

"하인 주제에 까부니까 그런 거야."

"하! 그럼 아르바이트한 적 있어요?"

"없어. 그래도 접객쯤은 간단해!"

유키나 선배는 자신만만하게 웃었다.

독설 소녀가 접객을 무슨 수로 한다는 거지…….

"제가 1학년 때 반년 정도 편의점에서 일을 해봤는데, 접객업은 생각 이상으로 힘들어요."

"케이타가 할 수 있는데 내가 할 수 없는 일은 없어."

"꽤 있는 것 같은데…… 주로 대인 스킬 방면으로."

"걱정 없어. 쥬리조차 메이드 카페에서 접객하고 있는걸?"

하긴, 분위기 파악이 치명적으로 서툰 쥬리도 접객 일을 하고 있었다.

그래도 쥬리는 붙임성이 좋으니까 접객업이 잘 맞는다. 하지만 유키나 선배의 진성 S는 접객에 치명적이다.

"그렇게 자신 있다면 시뮬레이션 해볼래요? 제가 손님을 할 테니까 유키나 선배는 점원을 해주세요."

"알았어. 내던져줄게."

"손님한테 업어치기 같은 걸 하면 안 된다고요?"

어이, 의무교육. 유도는 접객에 필요 없는 스킬이라는 걸 왜 가르쳐주지 않은 거냐.

"불안하네……. 그럼 합니다."

난 자동문을 지나 가게에 들어가는 흉내를 냈다.

"흐음. 여기에 헌책방이 생겼구나~."

"진성 M 주제에 잘도 내 가게에 왔구나……. 이 수치를 모르는 백돼지놈!"

"이봐요. 시작부터 오류냐고! 바보야?! 잠깐만!"

"돼지는 돼지우리로! 새는 하늘로! 공붓벌레는 학원으로 돌아가!"

"뭔지 모를 소리 그만해! 일단 스탑이에요, 유키나 선배!"

진성 S 접객을 하는 유키나 선배를 말리니, 그녀는 불만스러운 듯이 날 째려봤다.

"케이타, 왜 말리는 거야? 무슨 문제가 있다고."

"문제밖에 없었어요. 제가 아니라 일반인이 가게에 왔다는 설정으로 부탁할게요."

"흐음. 상당히 고도의 요구를 하는구나."

"어려운 부탁은 하나도 안 했는데……. 뭐, 상관없나. 저기요, 이거 주세요."

난 책을 건네는 시늉을 했다.

"이 책을 원해?"

"네."

"흥. 원하는 게 많은 손님이네."

"보통 손님은 상품을 사러 오는 건데……."

"구시렁구시렁 시끄럽네. 변명은 됐으니까 솔직하게 이 책을 원한다고 말해."

"아니, 말했잖아?!"

"안 들려."

"왜 안 들리는 거냐고. 죄송한데요! 이 책 주세요!"

"이 책 주세요라니…… 잘도 큰 소리로 그런 추잡한 말을 하네."

"추잡한 말은 안 했잖아요……. 타임, 유키나 선배. 진성 S는 봉인하세요."

"미안해. 케이타가 진성 M 얼굴로 가게에 와서 나도 모르게 그만."

나도 모르게 그만, 이 아니라고. 애초에 진성 M 얼굴이 뭔데.

"케이타. 난 이런 거 말고 책 매입 업무가 불안해."

"계산대 업무도 제대로 못 하는 주제에?"

뭐, 헌책방의 매입 업무는 복잡할 거 같으니 걱정하는 것도 이해는 가지만.

"그럼, 다시 시뮬레이션 해볼까요. 저기요, 책 팔러 왔는데요."

"제가 받겠습니다. 여기서 바로 감정하니 잠시 기다려주세요."

유키나 선배가 갑자기 모범적인 접객을 선보였다. 아까 봤던 건 뭐였지? 말투도 평범하니 이번엔 기대할 수 있을지도 모르겠다.

유키나 선배는 책을 들고 감정하는 제스처를 취했다.

"제목은…… '일러스트로 이해한다! 실용적인 고문기구'."

"그건 당신 취미잖아!"

"그 다음은 '밟히고 싶은, 여름'."

"그건 내 취미잖아!"

"마지막은 '내 여동생은 사디스틱'."

"그건 내 책이잖아! 교묘하게 숨겨뒀는데 들키다니?!"

"세 권 해서 10만 엔입니다."

"설마 했던 프리미엄 가격! 스탑, 스탑!"

난 시뮬레이션을 중단했다.

알고 있던 사실이지만, 역시 유키나 선배가 접객 아르바이트를 하는 건 무리다. 음식점에서 주방 전문 직원으로 일하는 편이 훨씬 나을 것이다.

"지금 대화로 알았어요. 접객업은 유키나 선배와 안 맞아요."

"그렇지 않아. 봐, 이렇게 의욕이 가득하잖아?"

"의욕 이외에는 쓸 게 없잖아요……. 유키나 선배에게 아르바이트는 무리예요. 포기해요."

그렇게 말하자 유키나 선배는 차가운 눈으로 나를 째려봤다. 진성 S 버전의 깔보는 눈빛이 아니라 분노였다.

직감으로 이해했다. 이건 부끄러움을 숨기려고 이러는 게 아니다.

"……포기하라고? 나한테 이래라저래라 하다니, 참 대단해지셨네."

"네? 아니, 그럴 생각은……."

"주인에게 훈계하면 어떻게 되는지 다시 교육해줄게."

유키나 선배는 내 다리에 자신의 다리를 얽었다.

필연적으로 나와 유키나 선배의 거리가 줄어들었다.

"유, 유키나 선배?!"

"허둥거리지 마. 지금부터가 좋은 부분이야."

유키나 선배는 내 오른쪽 겨드랑이에 자신의 팔을 통과시켜 목 뒤로 둘렀다. 그리고 반대쪽 손으로 자신의 손을 잡고 내 목을 졸랐다.

이, 이건…… 코브라 트위스트!

뿌득뿌득뿌드으으윽!

"꺄아아아아아!"

"기분 좋은 비명이네. 알람 소리로 딱 좋을 것 같아."

"최악의 기상이잖아, 그건!"

"어머. 아직 딴지를 걸 여유가 있는 모양이니. 세게 한다."

우득우득우득우드드드득!

"흐갸아아아아아! 이거 무리! 기브 업, 기브 업!"

"기브…… 앤 테이크!"

"아니, 더 이상 테이크는 필요 없다고! 진짜로 몸이 찢어진다고오오!"

"몸이 찢어진다고? 이런 고문이 있어. 고대 오리엔트에서는 배를 찢는 형벌이——."

"그만, 이 타이밍에 듣고 싶지 않아! 유키나 선배, 이제 진짜로 한계에요!"

황급히 탭하자 유키나 선배는 날 놓아줬다.

"아야야……. 유키나 선배는 대체 뭘 노리는 거죠? 진학이 아니라 여자 프로레슬러를 노리는 건가요?"

"그럴 리가 없잖아. 난 케이카 대학에 입학할 예정이야. 지정 학교 추천으로 말이지."

그런 건가. 어쩐지 3학년이 이 시기에 여유가 있다 싶었다.

유키나 선배는 정기 테스트에서 학년 1위의 성과를 남기고 있다. 성적이 탑 클래스인 그녀라면 지정 학교 추천도 여유로울 것이다.

그건 그렇고 케이카 대학인가……. 모두가 아는 유명한 사립대학이다. 학부에 따라서는 편차치가 65까지 오를 텐데. 역시 유키나 선배. 성격은 좀 그렇지만 성적은 우수하다.

케이카 대학의 캠퍼스는 이 집에서 가장 가까운 역에서 세 정거장 정도 거리. 역 이름도 '케이카 대학 앞'이라 알기 쉽다.

그렇군. 학력이 높을 뿐만 아니라 집에서 가깝고 다니기 편한 대학이었나. 유키나 선배가 진학을 희망할만 하군.

"난 이제 돌아갈게. 다음에 올 때는 드롭킥을……."

"안 해도 돼, 안 해도!"

"반은 농담이야. 또 올게."

유키나 선배는 그런 말을 남기고 방에서 나갔다.

반은 농담이라는 건, 반은 진심이라는 거잖아? 마지막으로 남기는 말이 너무 무서워…….

"……그럼, 슬슬 '항상 하는 그것'이 시작되려나?"

난 벽 옆으로 이동해 무릎 꿇고 앉아 대기했다.

여느 때처럼 유키나 선배의 꾸밈없는 목소리가 들려왔다.

『저질러버렸어…… 또 저질러버렸다고오오오오!』

이제는 항례 행사인 유키나 선배의 부끄러움 타임이 시작되었다.

『또 괴롭혔어……. 케이타, 실은 내가 싫지 않을까?』

그럴 리가 없잖아요.

아, 그래도 드롭킥은 하지 마세요. 이유 말인가요? 아프기 때문입니다.

『케이타 때문이야. 나에게 아르바이트는 어렵다고 해서. 사람 속도 모르고…… 바보.』

사람 속도 모르고?

……이건 무슨 뜻이지.

그리고 보니 아르바이트를 하는 이유를 안 물어봤군.

『아르바이트비를 모아서 크리스마스에는 케이타랑 데이트하려고 했는데……. 후훗. 크리스마스 선물을 주면 케이타는 기뻐할까?』

유키나 선배는 『좋아하는 사람이 깜짝 놀라게 해주고 싶은 걸. 아르바이트 열심히 하자!』하고 단단히 마음을 먹었다.

　……살짝 소리쳐도 되나?

　유키나 선배 완전 귀엽잖아아아아아아!

　갑자기 아르바이트 하고 싶다고 하니까 이상하게 생각했는데, 전부 날 위해서였냐! 기특하잖아! 날 너무 좋아하잖아!

　게다가 아직 만날 약속조차 안 했는데, 너무 성급해! 순서가 반대잖아! 덜렁이냐고! 뒤에서 꼭 안아버린다, 이 녀석~!

　뭐, 이러니저러니 해도 나도 벌써부터 크리스마스의 일정은 비워두고 있지만!

　——라고 외치면 유키나 선배에게 들려버리니 난 그 자리에서 몸부림치는 수밖에 없었다.

　『크리스마스, 기대된다…… 에헤헤.』

　유키나 선배는 칠칠치 못하게 웃었다.

　이래서 유키나 선배는 미워할 수 없다.

　"유키나 선배. 저도 엄청 기대돼요."

　이때의 나는 완전히 들떠 있었다.

　크리스마스 전에 그런 사건이 일어날 줄은 조금도 상상하지 못했다.

【쥬리와 달달한 데이트】

방과 후, 집에서 유유자적하고 있으니 쥬리가 놀러 왔다.

교복을 입은 쥬리는 바닥을 뒹굴며 내 만화책을 읽고 있었다. 미스터리 요소가 강한 데스게임 장르. 배후자의 정체가 궁금할 뿐만 아니라 살인사건과 속고 속이는 전개도 있으며 반전 요소가 강한 만화다.

"오오…… 설마 초반에 죽은 줄 알았던 단역 캐릭터가 살아있을 줄이야……!"

쥬리는 중얼중얼 감상을 중얼거리면서 페이지를 넘겼다.

"깜짝 놀랐지. 나도 놀랐어."

말을 걸었지만, 대답은 없었다. 어지간히 만화에 열중한 듯했다.

……재밌게 보고 있는 것 같으니 방해하지 말자.

나는 최근에 다운로드한 스마트폰 게임을 켜서 서로 무언의 시간을 보냈다.

20분 후, 쥬리에 의해 정적이 깨졌다.

"응아아아아아앗!"

쥬리가 소리치면서 손발을 파닥거리며 몸부림쳤다.

"왜 히로인이 위기에 빠졌을 때 끝나는 검까! 다음이 엄청 궁금함다! 빨리 다음 권을 읽어야 함다!"

쥬리는 책장에 다 읽은 만화책을 돌려놓고 초조한 듯이

이쪽을 봤다.

"선배! 이게 최신권임까?!"

"그래. 이번 달에 막 나온 신간이야."

"그럼 다음을 읽을 수 있는 건 몇 달 뒤……?!"

쥬리는 '내일부터 무엇을 낙으로 살아가면 되는 검까'라며 낙담했다.

뭐, 이해한다. 그 만화는 항상 한창 재밌을 때 끊는단 말이지.

"케이타 선배. 저에게 살아갈 희망을 주십쇼."

"얼마나 절박한 거야……. 같이 게임이라도 할래?"

"에~. 또 게임?"

"야, 그 불만스러운 얼굴은 뭐냐."

"저를 게임을 시켜주면 좋아하는 여자라고 생각하고 있지 않슴까? 전 그렇게 단순한 여자가 아닙니다."

"그리고 보니 최근에 재밌는 게임 앱을 찾았는데."

"하겠슴다!"

"하는 거냐."

게임을 시켜주면 좋아하는 여자잖아.

난 방금까지 플레이하던 게임 화면을 쥬리에게 보여줬다.

"최근에 나온 액션 RPG야. 외계인의 침략으로 황폐해진 미래가 무대고, 주인공들은 우주선으로 별들을 돌아다녀."

"흐음, 재밌을 것 같은 세계관이네요. 저도 깔아보겠슴다."

쥬리는 자신의 스마트폰을 꺼내 조작하기 시작했다.

묵묵히 튜토리얼을 클리어해 나가는 쥬리.

10분 정도 지났을 때 쥬리는 손을 멈추고 이쪽을 봤다.

"케이타 선배. 크리스마스에 예정 있습까?"

"어?"

갑작스러운 질문에 심장이 두근 하고 뛰었다.

약속은 하지 않았지만, 예정은 있다. 유키나 선배와 데이트 할 생각이다. 유키나 선배도 '크리스마스가 기대된다' 라고 말했으니 분명 예정은 비워줄 것이다.

쥬리에겐 미안하지만 크리스마스는 좋아하는 사람과 보내고 싶다.

"그…… 있는데."

조금 거북하지만, 난 내 기분을 우선했다.

"흐음…… 뭐, 그렇겠죠."

쥬리는 낙담했지만 금방 환하게 웃었다.

"저기, 케이타 선배! 이번 주 주말에 저랑 데이트해요!"

"데, 데이트?!"

"그렇습다. 크리스마스가 안 된다면, 전 다른 날이라도 상관없습다."

"아니, 하지만……."

"네……? 괜찮죠?"

쥬리는 내 팔에 달라붙어 시선만 위로 올려 나를 봤다.

꽉 눌린 가슴의 부드러움에 나도 모르게 볼이 열을 띠었다.

"잠깐…… 쥬리. 떨어져."

"싫습다. 케이타 선배가 데이트하러 가겠다고 말할 때까지 안 놓을 겁다."

"너 인마……."

"크리스마스는 포기함다. 그러니 적어도 하루만이라도 좋습다. 케이타 선배를 독점하고 싶습다…… 안 됨까?"

쥬리는 어리광부리는 듯한 목소리로 그렇게 말했다.

어떡하지. 쥬리의 기대하는 표정을 보고 있으면 거절하기 엄청 어렵다. 내가 후배에게 약하다는 걸 절실하게 느꼈다.

……데이트라고 해도 후배와 놀기만 할 뿐이다. 그 이상의 의미는 없다. 그럼 이렇게 방에서 노는 거랑 큰 차이 없는 거지?

조금 켕기지만, 쥬리의 데이트 신청을 받아줄까.

"하아…… 알았어. 주말 일정 비워둘게."

"정말임까?!"

쥬리는 나에게서 떨어져 만면에 웃음을 띠었다.

"기쁩다. 케이타 선배와 데이트. 에헤헤."

너무 귀엽게 웃으면서 말하니 얼버무릴 수도 없었다. 난 쥬리를 똑바로 보지 못하고 살짝 시선을 돌렸다.

"뭐…… 요즘 쥬리랑 둘이서 외출하는 일이 없었으니까.

괜찮겠지? 나도 기대, 될지도…….”

머리를 벅벅 긁는데 쑥스러움을 감추려고 하는 말이 입에서 새어 나왔다.

무슨 소릴 하는 거냐, 나는.

이래서는 마치 쥬리를 상대로 두근거리는 것 같잖아.

“넵! 감사합니다, 케이타 선배!”

쥬리는 ‘어디서 놀까~!’라고 떠들며 스마트폰으로 오락 시설을 검색하기 시작했다.

들뜬 쥬리를 보고 있으니 화난 유키나 선배의 얼굴이 뇌리에 떠올랐다.

아니에요, 유키나 선배! 이건 바람피우는 게 아니에요! 뭐라고 해야 할까, 후배와 친목을 다지는 데이트로……. 아니, 데이트라는 건 말이 그렇다는 거예요! 죄송합니다, 차지 마세요!

아아…… 이렇게 기분이 붕 뜬 상태 그대로 데이트해도 괜찮은 걸까. 유키나 선배뿐만 아니라 쥬리에게도 미안한 기분이 든다.

복잡한 기분을 품은 채로 옆에서 천진난만하게 기뻐하는 쥬리를 바라봤다.

◆

쥬리와의 데이트 당일. 난 약속 장소인 역 앞에 도착했다.

주위를 둘러봐도 쥬리의 모습은 없었다. 아무래도 내가 먼저 도착한 모양이다.

주머니에서 스마트폰을 꺼냈다. 약속 시간 10분 전이었다.

시간을 딱 맞춰서 올 걸 그랬다. 너무 빨리 오면 쥬리와의 데이트를 기대하고 있는 것 같아 보이지 않은가.

"어~이! 케이타 선배~!"

목소리가 난 방향으로 시선을 돌렸다.

약간 떨어진 곳에 쥬리가 있었다. 손을 흔들면서 총총 뛰며 이쪽을 향해 왔다.

내 곁에 온 쥬리는 빙긋이 웃었다.

"오래 기다리셨습다……. 케이타 선배? 왜 그러심까?"

나는 쥬리의 사복을 보고 말을 잃었다.

쥬리는 어두운 녹색 셔츠 원피스에 회색 숏 코트를 입고 있었다. 아래는 검은 타이츠에 검은 스니커다.

평소에는 반바지 같은 움직이기 편한 옷을 입는데, 오늘의 쥬리는 엄청 어른스럽다. 솔직히 엄청 귀여웠다.

"어라? 케이타 선배애~. 혹시 후배의 사복을 보고 두근두근한 검까?"

"아니야. 힘 좀 썼다고 생각했을 뿐이야."

거짓말입니다. 저도 모르게 평소와의 갭에 두근거렸습니다.

"에엥~. 모처럼 힘써서 예쁘게 입었는데 그건 아니죠~."

쥬리는 볼을 부풀리고 내 어깨를 퍽퍽 때렸다.

그 말은 곧, 날 위해 고민해서 옷을 골랐다는 거지?

……쑥스럽지만, 조금은 칭찬해줄까.

"그래도…… 그 옷, 어울리는 것 같은데?"

"정말임까?!"

"아니! 그, 살짝?!"

"에헤헤. 케이타 선배가 새침 떠는 모습, 잘 봤습다."

"시, 시끄러워! 쥬리 바보야!"

"아~! 바보라고 했어~!"

"됐으니까 가자!"

"아, 기다려주십쇼!"

내가 걷기 시작하자 쥬리가 뛰어서 내 옆에 나란히 섰다.

발걸음을 맞춰 걷는 모습을 다른 사람이 보면 커플처럼 보일까. 그렇게 생각하니 더더욱 긴장됐다.

데이트는 처음부터 쥬리의 페이스를 유지한 채 막을 열었다.

◆

오늘의 데이트 플랜은 전부 쥬리에게 맡겼다. 나는 어디로 가는지도 모른다.

쥬리를 따라가니 볼링장에 도착했다. 건물은 4층 건물로 상당히 크다. 듣자 하니 프로도 연습하러 올 정도로 유명한 곳이라고 한다.

우리는 접수를 끝낸 뒤에 엘리베이터로 3층으로 이동했다.

신발을 갈아 신고 공을 가지러 갔다. 나는 12파운드, 쥬리는 8파운드의 공을 각각 골랐다.

"볼링은 오랜만인데."

"그렇습까? 전 친구랑 자주 가요."

"흐음. 잘하는 편이야?"

"뭐, 그럭저럭일까요~."

쥬리는 히죽거리면서 말했다.

이 녀석, 볼링에 자신이 있군?

쥬리는 보기와는 다르게 운동을 잘한다. 볼링을 잘해도 이상하지 않다.

"케이타 선배. 승부 안 하겠습까?"

쥬리의 제안에 나는 경계했다.

"벌칙 걸고?"

"물론입죠."

"음~. 난 볼링을 그다지 잘 못 하는데……. 간단한 벌칙이라면 상관없지만."

"그렇군요. 그럼 진 사람은 이긴 사람의 말을 뭐든지 들어주는 건 어떤가요?"

"내 얘기 들었어?"

아무리 생각해도 최상급 벌칙이었다. 볼링 실력에 어지간히 자신이 있는 것이리라.

"난 주스 내기 정도를 생각하고 있었는데……."

"이거야 원. 케이타 선배가 또 떼를 쓰고 있슴다."

"내가 잘못한 거야?!"

"뭐, 그럴 줄 알고 케이타 선배가 의욕을 낼 만한 조건을 준비했슴다. 무려! 케이타 선배가 이기면 특별히 경품을 증정!"

"경품?"

"이 사진, 갖고 싶지 않슴까?"

쥬리는 나에게 스마트폰을 보여줬다.

"이, 이건……!"

화면에는 유키나 선배의 사진이 있었다.

유키나 선배는 난처한 표정을 짓고 손으로 브이 사인을 만들고 있다……. 게다가! 메이드복 차림으로!

"쥬리! 너, 이 보물 사진을 어디서?!"

"네, 끝이에요."

"아앙, 너무해!"

쥬리는 스마트폰을 주머니에 넣었다.

"전에 유키나 선배랑 아스카 선배가 제가 아르바이트하

는 곳에 놀러 왔습다. 점장님이 장난으로 두 사람에게 제복을 시험 삼아 입혔는데, 그때 찍은 사진이에요."

"왜 날 안 불러준 거냐! 유키나 선배가 메이드복을 입은 모습, 이 눈으로 보고 싶었는데…… 아."

나도 모르게 흥분해서 실언하고 말았다. 죽고 싶다.

쥬리는 싸늘한 눈으로 날 째려봤다.

"유키나 선배 이야기만 나오면 금방 눈빛이 달라진다니깐……. 케이타 선배 바보."

"저기…… 정말 죄송합니다……."

"뭐, 알고 있었지만요. 그런고로 케이타 선배가 제게 이기면 이 사진을 드리겠습다."

"저, 정말?!"

이기면 메이드 유키나가 부끄러워하는 사진을 얻을 수 있다.

이 승부, 질 수 없다!

"좋다. 쥬리여. 그 승부, 받아들이겠다!"

"유키나 선배를 이용하는 건 졌다는 기분이 들지만, 지금은 어쩔 수 없습다. 작살을 내주겠습다!"

쥬리는 커다란 가슴을 펴고 자신만만하게 웃었다.

후후후…… 쥬리 녀석. 여유 부릴 수 있는 것도 지금뿐이라고.

난 계속 볼링이 서툰 듯 말했지만, 그건 페이크. 무엇을 숨기랴, 난 볼링을 잘한다. 최고 점수는 221. 오랜만이라고는 해도 그럭저럭 점수를 낼 자신이 있다.

이런 승부를 걸어올 정도이니 쥬리도 상당한 자신이 있을 것이다.

하지만 아무리 자신이 있다고 해도 200은 안 나온다고 봐도 될 것이다. 왜냐하면 녀석은 볼링이라는 경기에 필요한 '집중력'이 없기 때문이다.

질 수 없다……. 유키나 선배의 메이드복 사진, 꼭 갖고 싶으니까!

"쥬리…… 시작할까. 우리들의 라그나로크를."

"네. 잘은 모르겠지만 의욕을 내줘서 다행임다."

두 사람 사이에 미묘한 온도 차이가 있지만, 일단 우리의 싸움은 막이 열렸다.

"제가 선공이네요."

쥬리는 8파운드 공을 들고 레인 정면에 섰다.

그 순간, 분위기가 확 변했다.

마치 마무리 주자가 득점권에 있는 듯한 긴장감이 일었다.

"스읍~…… 하아~……."

짧은 호흡 후에 쥬리는 도움닫기를 했다.

한 걸음 째. 쥬리의 가슴께에 있던 공의 위치가 살짝 내려갔다.

두 걸음 째. 공에 대고 있던 손을 떼고 오른손을 다운스

윙했다.

세 걸음 째. 공을 든 오른손을 뒤로 크게 흔들고── 그리고 네 걸음 째.

큰 보폭에서 나오는 투구. 진자시계를 연상케 하는 규칙적이고 정밀한 스윙이었다.

던진 공은 굴러갔고, 머지않아 완만한 커브를 그렸다. 그대로 1번 핀과 3번 핀 사이로 빨려 들어갔다.

공은 모든 핀을 흩뜨리며 새된 소리를 울렸다.

"아자아아! 스트라이크입다!"

쥬리는 크게 승리 포즈를 취했다.

……살짝 소리쳐도 되나?

"쥬리, 너 볼링에 진심이었잖아아아아아!"

"아뇨, 퍼펙트 스트라이크 이론과는 거리가 멀어요. 인스텝과 아웃 스텝 전부 아직 멀었고, 리프트 앤 턴은 연구중이에요."

"어?! 리프…… 뭐라고?!"

전문용어가 너무 많아서 이해가 안 된다. 역시 진심이잖아.

"치사하다! 실력을 숨기고 있었구나!"

"뭐라구요? 케이타 선배. 설마 게임을 포기하겠다는 소리는 안 하겠죠?"

쥬리는 히죽거리면서 말했다.

사람을 깔보고 있어……. 쥬리 주제에 건방지게!

"당연하지. 진성 M은 두말하지 않는다."

한번 하겠다고 말했다. 이제 와서 물러설 수 있겠냐.

무엇보다 유키나 선배의 사진을 갖고 싶어! 그걸 대기 화면으로 설정하고 매일 아침 '좋은 아침'이라고 인사하고 싶어!

"다음은 내 차례다."

공을 들고 심호흡을 한 번 했다.

나에겐 쥬리처럼 커브구를 던지는 테크닉은 없다.

그저 강속구로 핀을 튕겨낼 뿐!

도움닫기를 하고 크게 휘둘러 올렸다.

던진 공은 힘차게 레인 중심을 굴러갔다. 하지만 1번 핀 바로 앞에서 살짝 오른쪽으로 어긋나고 말았다.

콰릉콰릉!

핀이 요란하게 날아올랐…… 지만 제일 왼쪽의 핀이 남아버렸다.

가라아아아…… 쓰러져라아아아아아!

"메이드 유키나 사진을 갖고 싶단 말이다아아아아아아!"

내 욕망에 호응하는 것처럼 오른쪽 핀이 힘차게 튀어 올랐다. 운 좋게 왼쪽으로 날아가 남은 핀을 직격했다.

"아자아! 스트라이크다!"

"오오~! 케이타 선배도 꽤 하네요."

"뭐 그렇지. 말은 안 했지만 내 최고 점수는 221. 쥬리가 실력을 숨기고 있었던 것처럼 나도 실력을 숨기고 있었다. 후후후, 놀랐느냐! 이 승부, 네 독무대로 만들지는 않을 것이다——."

콰릉콰릉!

"와~! 스트라이크입다~!"

"사람이 한창 얘기하는 중에 던지지 마! 무례하다고!"

게다가 아무렇지도 않게 또 스트라이크를 쳤고. 애 대체 뭐야. 여자 프로볼러야?

쥬리는 그 자리에서 뿅뿅 뛰었다. 풍성하게 열매 맺은 양쪽 가슴의 과실이 출렁출렁 위아래로 흔들렸다. 가슴이 엄청 크잖아. 볼링공이냐고.

"자자, 케이타 선배 차례에요. 제 독무대로는 만들지 않는다고 했죠?"

쥬리는 도발하듯이 헤실헤실 웃었다.

짜, 짜증 나……. 잘 보고 있으라고, 젠장!

게임은 일진일퇴의 공방전이 이어졌다.

쥬리도 처음에는 퍼펙트했지만 서서히 실수가 나오기 시작했다. 그 덕에 나도 어떻게든 따라가고 있다. 역시 쥬리에게는 집중력이 부족했다.

그리고 쥬리의 마지막 투구가 끝났다.

"윽. 통한의 미스임다……."

쥬리는 핀을 딱 하나 남기고 투구를 끝냈다.

점수는 204 대 193. 쥬리가 리드하는 전개로 나는 10프레임을 맞이하게 되었다.

점수차는 11.

이런 경우에 내가 승리하는 조건으로 스페어 이상의 점수를 낼 필요가 있다. 스페어를 처리하면 점수 차는 1점. 10프레임은 스페어를 처리하면 마지막에 공을 한 번 더 던질 수 있다. 마지막 공으로 2핀 이상 쓰러뜨리면 내 승리다.

좋아. 스트라이크로 멋지게 이기자.

난 도움닫기를 하고 신중하게 공을 던졌다──.

"앗! 유키나 선배가 젊은 남자랑 둘이서 볼링을 하고 있습다!"

"뭐라고오오오오?!"

쏙~.

동요하여 손가락이 쏙 빠져 거터가 되고 말았다……. 아니, 그런 건 아무래도 상관없어!

"쥬리! 유키나 선배의 일행은 어딨어! 어중간한 남자라면 아빠는 용서하지 않을 거예요!"

"죄송합니다. 잘못 본 거였습다."

"뭣…… 너 설마!"

"나하하~. 반외전술*이라는 겁다."

---

*장기나 바둑 등에서 본 경기 이외의 요소로 상대의 동요를 부추겨 우위를 점하는 것

쥬리는 히죽거리며 웃었다.

이 자시이이익! 남자의 순정을 희롱하다니, 비열하다!

"날 속였구나?!"

"나하하~, 걸려드는 케이타 선배가 나쁜 거죠. 승부가 결정 나는 투구라구요? 자, 집중집중."

쥬리는 깔깔 웃으면서 내 어깨를 퍽퍽 두들겼다.

진정해라, 나. 도발 따위에 냉정을 잃지 마라. 아직 기회는 있다. 다음 차례에 10핀을 넘어뜨리면 스페어가 돼서 마지막에 한 번 더 공을 던질 수 있다. 그 투구에서 2핀을 쓰러뜨리면 내 승리다.

이번에야말로 쥬리의 말에 놀아나지 않을 것이다. 반드시.

그렇게 강하게 자신을 타이르고 나는 투구 모션에 들어갔다━.

"앗! 유키나 선배의 팬티가 살짝 보이고 있슴다!"

"뭐라고오오오오?!"

쏙쏙쏙~.

다시 손가락이 쏙 빠졌다. 던진 공은 중심에서 멀어져 다시 거터가 되었다……. 아니, 그걸 신경 쓸 때가 아니다!

"치사하다, 쥬리! 살짝 보이는 팬티는 남자의 로망……! 거짓말이라는 걸 알고 있어도 반응하고 만다고!"

"팬티로 동요하는 케이타 선배가 나쁜 검다. 어쨌든 제가 이겼네요!"

보기 좋게 팬티 위에서 놀아났다는 건가…… 큭! 유키나 선배의 사진, 갖고 싶었는데!

"자. 그렇다면 벌칙 시간임다."

그렇다. 벌칙의 존재를 잊고 있었다.

무슨 요구를 할까. 새 게임을 사달라고 할까? 아니면 나한테 메이드복을 입힐까?

가슴을 졸이고 있으니 쥬리는 말하기 어려운 듯이 입을 열었다.

"저기…… 저랑 손을 잡아줬으면 좋겠어요."

"어?"

예상 밖의 부탁에 나도 모르게 얼빠진 소리가 새어 나왔다.

"그러니까…… 손을 잡는 거야? 나랑 쥬리가?"

쥬리 옆에 앉아 되물어보니, 그녀는 얼굴을 빨갛게 물들이고 고개를 작게 끄덕였다.

"오늘은 데이트니까…… 데이트다운 일을 하고 싶어서."

"그, 그런 건 보통 연인끼리 하는 건데……."

"그, 오늘만은 연인이라는…… 설정으로…… 저기, 안 될, 까요……?"

쥬리는 머뭇거리면서 작은 목소리로 그렇게 말했다.

마음대로 명령할 수 있는 권리가 있는데, 손을 잡는다는 벌칙……. 너무 순수하잖아. 나도 모르게 좀 귀엽다고 생각해버렸잖아. 게다가 '오늘만은 연인이라는 설정'이라는 수수한 두 번째 부탁이 있는 것도 미묘하게 귀엽다.

"케이타 선배. 오늘만이라도 좋으니까 제 고집을 들어줬으면 한다……. 안 돼요?"

쥬리는 쭈뼛쭈뼛 물어봤다.

사실은 거절해야 한다. 좋아하는 사람이 있는데 연인 흉내를 내는 것은 좋지 않다.

하지만…… 치사해, 쥬리.

그렇게 불안에 떠는 얼굴로 부탁하면 거절할 수 없잖아.

"……알았어. 부끄러우니까 조금만이다?"

"정말임까?!"

쥬리의 얼굴이 확 밝아졌다.

그 기뻐 보이는 웃는 얼굴에 나도 모르게 가슴이 두근거렸다.

"케이타 선배…… 시, 실례하겠슴다."

쥬리는 머뭇거리면서 손을 뻗어 내 손을 잡았다.

그것도 연인끼리 손을 잡는 것처럼 깍지를 껴서.

"그, 그렇게 꽉 잡는 거야?"

"괘, 괜찮아! 오늘은 연인이니까!"

쥬리는 손에 힘을 꾹 쥐었다.

"……남자의 손은 크네요."

"그야 뭐, 그렇지."

"그, 그렇죠⋯⋯. 저, 저기 케이타 선배! 감상은 없나요? 후배 여자애랑 러브러브라구요?"

"작고 귀여운 손이라고 느꼈으려나."

"그, 그렇군요. 그거 감사함⋯⋯다."

"응⋯⋯."

"나하하~⋯⋯."

대화가 끊겨 어색한 분위기가 흘렀다.

가슴속이 근질거리는 건 부끄러워서인가. 아니면 마음이 켕겨서인가. 아마 둘 다겠지.

쥬리를 살짝 봤다. 쥬리도 내 시선을 느꼈는지 얼굴을 이쪽으로 돌렸다.

"저, 쭉 이렇게 있고 싶슴다."

"어?"

"하지만 케이타 선배랑 유키나 선배는, 이미⋯⋯."

쥬리는 거기서 말을 머뭇거렸다. 뭔가 중요한 말을 하고 싶은 것처럼 입술을 움직였지만, 결국 아무 말도 하지 않았다.

"이미, 그 다음은?"

물어보니 쥬리는 나에게 다가왔다.

서로의 어깨가 맞닿았다. 희미하게 샴푸의 좋은 향기가 났다. 지금까지 알아차리지 못했는데 쥬리의 머릿결은 이렇게 좋았구나.

"케이타 선배."

"어, 어?"

"저, 케이타 선배를——."

"좋~아! 나, 오늘은 1,000점 내버릴 거야~!"

갑자기 플로어에 큰 소리가 울렸다.

볼링에 1,000점이 어디 있어……. 아니, 문제는 그게 아니다.

지금 들은 목소리는 엄청 익숙한 목소리였던 것 같은데…….

설마 하는 생각에 목소리가 들린 방향을 살짝 봤다.

약간 떨어진 레인에서 빨간 머리칼을 가진 아이가 신발을 갈아 신고 있었다.

"오오! 역시 아스카다!"

아스카뿐만이 아니다. 같은 반 여자가 몇 명 있었고, 그중에는 코미미의 모습도 있었다.

난 뜨끔했다.

……나랑 쥬리가 손을 잡은 이 상황을 목격당하면 어떻게 되지?

우선 아스카가 가만히 있지 않을 것이다. 사귀고 있다고 착각한 나머지 철저하게 날 추궁할 것이다.

게다가 아스카와 코미미는 연극을 통해 유키나 선배와

친해졌다. 당연히 유키나 선배에게도 오늘 일을 이야기할 것이다.

그렇게 되면 확실하게 아수라장이 기다리고 있을 것이다.

……아무래도 좋게 끝나지 않는다. 평소처럼 벌만 받고 넘어갈 수 있는 수준이 아니라고.

"쥬리. 우리 반 여자가 왔어."

"아하. 저희 사이를 과시하면 되는 겁까?"

"사회적으로 죽는다고! 안 들키게 도망치는 거야!"

"아…… 이제 끝인 겁까?"

"그래. 자, 가자."

난 쥬리의 손을 놓고 신발을 갈아 신고 공을 반납했다.

"쥬리도 서둘러."

"……좀 더 손잡고 있고 싶었는데."

쥬리는 아까까지 맞잡고 있던 손을 쓸쓸하게 바라봤다.

그렇게 애달픈 표정 짓지 마. 내가 나쁜 짓을 한 것 같잖아.

정말이지……. 진짜 손이 많이 가는 후배구나.

"……자."

난 손을 내밀었다.

"어? 뭡니까?"

"이 건물에서 나갈 때까지는 손잡고 있을게. 버, 벌칙이니까 어쩔 수 없이 하는 거다?"

"케이타 선배…… 그런 다정한 면이 치사하다구요."

"어? 무슨 말 했어?"

"나하핫. 아~무 말도 안 했슴다."

쥬리는 즐거운 듯이 웃고 내 손을 잡았다.

"우와~. 케이타 선배의 손, 땀으로 축축함다."

"아니…… 싫으면 놔."

"싫은데~ 임다."

쥬리는 '참고 잡을 검다!'라고 말하고 웃었다.

하아……. 쥬리랑 손을 잡는데 긴장해서 손에 땀이 났다는 말은 입이 찢어져도 할 수 없다.

"쥬리. 이번에야말로 가자."

우리는 엘리베이터를 향해 뛰기 시작했다.

"케이타 선배. 왠지 사랑의 도피를 하는 느낌이네요. 불타오르는 전개임다!"

"어디가? 들키면 난 죽어."

"안심해주십쇼. 남은 뼈는 수습해서 납골함에 넣을 테니까요."

"불타오르는 전개라는 게 화장 이야기였어?! 부탁이야. 장례식 치르지 마. 살 거니까."

"알겠슴다. 파묻는 전개로 변경이네요."

"매장이잖아! 아까부터 내 목숨을 너무 소홀히 대하네!"

우리는 작은 소리로 농담을 하면서 도망치듯이 볼링장

을 뒤로 했다.

밖으로 나와 쥬리의 손을 놓았다. 난 양손을 무릎 위에 놓고 호흡을 가다듬었다.

"하아, 하아…… 아, 안 들켰지? 괜찮지?"

데이트 현장을 아스카 일행에게 목격당해봐라. 순식간에 온 학교에 퍼질 거라고.

"……케이타 선배는 안 들키는 게 더 좋은가보네요."

쥬리는 재미없다는 듯이 입술을 삐죽 내밀었다.

"어? 아니, 그야……."

"저랑 같이 있는 거, 싫슴까?"

"……바보냐. 그럴 리가 없잖아."

너무 섭섭해하는 목소리라서 무심코 부정했다.

"너랑 같이 노는 시간, 난 좋아해…… 재, 재밌다는 뜻이다?"

자연스럽게 '좋아한다'는 말이 튀어나와 얼굴이 확 뜨거워졌다. 츤데레인가, 나는.

"……나하하. 저도 케이타 선배랑 같이 있는 거, 싫지 않슴다."

쥬리는 볼을 살짝 붉히고 웃음 지었다.

"왜 네가 상전인 것처럼 말하는 거야. 바보 주제에 건방져."

"아~, 또 바보라고 말했슴다! 케이타 선배도 바보면서!"

"내가 왜. 난 바보 아니잖아."

"케이타 선배는 바보입다⋯⋯ 저를, 여자로 안 봐주는 걸요."

"어? 너 무슨 소릴⋯⋯."

"아무것도 아니에요~."

쥬리는 혀를 살짝 내밀어 메롱했다.

귀, 귀엽잖아⋯⋯ 아니 잠깐만, 지금 건 무효! 쥬리가 아무리 귀여운 짓을 해도 유키나 선배의 귀여움에는 발끝도 못 따라가지!

마음속으로 자신이 품은 감상을 부정하고 있으니 쥬리는 내 팔을 끌어당겼다.

"자, 케이타 선배! 다음은 어디로 갈까요? 데이트를 즐기는 겁다!"

"그래⋯⋯. 볼링하느라 지쳤으니까 잠시 쉴 수 있는 곳으로 안 갈래?"

"알겠습다. 그럼 오락실이네요!"

"내 얘기 좀 들어라."

어떻게 해석하면 오락실에 가자는 생각을 하냐. 이야기의 흐름으로 보면 찻집 같은 게 나와야지.

"쉬기에는 아직 일러요. 아직 볼링밖에 안 했습다."

"하지만 이런저런 일이 있어서 지쳤으니까⋯⋯."

"뭐라고요? 누구의 허가를 받고 지친 겁까?"

"왜 네 허가가 필요한 건데. 이 근처에 분명 찻집 있었지? 거기에——."

"정말~. 알겠어요, 알겠어요."

"앗! 너, 잡아당기지 마!"

난 웃고 있는 쥬리에게 팔을 잡아끌려 오락실로 향했다.

잠시 걸으니 목적지인 오락실이 보이기 시작했다.

여긴…… 중학교 때 쥬리가 자주 댄스 게임을 했던 오락실이잖아. 난 여기서 쥬리의 본모습을 알고, 그게 계기가 되어 마음을 터놓고 지내게 됐지.

"쥬리는 진짜 여기를 좋아하네."

"나하핫. 저랑 케이타 선배 하면 이 오락실 없는 얘기가 안 되니까요. 오늘은 여기에 오고 싶었슴다."

"그립네. 왠지 옛날로 돌아간 것 같아."

"에~. 케이타 선배 아저씨 같슴다."

"아저씨라고 하지 마. 자, 가자."

우리는 오락실에 들어갔다.

오락실에 들어가자마자 인형뽑기 기계가 잔뜩 늘어서 있었다. 안쪽에는 메달 게임 외에 쥬리가 자주 하던 댄스 게임이 있을 것이다.

"쥬리. 뭐 하고 놀래? 역시 댄스인가?"

"오, 좋네요. 하지만 오늘은 인형 뽑기 기분임다."

쥬리는 다른 게임기에는 눈길도 주지 않고 어떤 인형뽑

기 기계 앞으로 날 데려왔다.

"케이타 선배. 이거, 뽑아주세요!"

"엥, 내가?"

인형 뽑기의 경품은 개 인형이다. 눈이 처져 있고 축 늘어진 개 캐릭터로…… 이름은 '유루왕코'였던 것 같다. 요즘 여고생 사이에서 인기가 있다고 한다.

난 게임기를 관찰했다. 경품 덕트 위에 크레인이 있으며 버튼으로 조작해서 경품을 뽑는 전통적인 타입이다.

조작 버튼은 두 개 있다. 첫 번째 버튼으로 집게를 오른쪽으로, 두 번째 버튼으로 앞으로 움직일 수 있는 듯했다.

"저, 이런 건 잘 못 해요. 케이타 선배, 맡겼습니다!"

"잠깐만. 나도 잘 못 하는데?"

"안 됩다. 저 경품을 뽑아줄 때까지 이 오락실에서 나갈 수 없으니까요."

"그 민폐 규칙은 뭐냐……. 뽑아주고 싶지만 나도 잘 못한단 말이지."

"그러지 말구요. 유루왕코, 갖고 싶습다. 부탁드림다!"

쥬리는 머리를 꾸벅 숙였다.

……이렇게까지 부탁하면 거절할 수가 없는데.

자신은 없지만 일단 도전해보자.

"알았어. 단, 너무 기대하지 마라?"

"감사함다! 아, 그렇지, 돈……."

"됐어. 내가 낼 테니까."

"네? 아니, 아무리 그래도 그러면 미안함다."

"뽑으면 쥬리한테 선물하고 싶으니까. 선물 값을 선물할 사람한테서 받는 건 이상하잖아?"

당연한 이야기다.

하지만 어째서인지 쥬리는 엄청 기쁜 듯했다.

"……나하핫. 선물, 엄청 기대됨다!"

사근사근하게 웃는 얼굴에 이끌려 나도 자연스럽게 웃음 지었다.

"호들갑이네, 쥬리는."

"호들갑 아님다. 케이타 선배의 선물은 특별한걸요."

"예예."

쓴웃음을 지으면서 나는 지갑에서 동전을 꺼냈다.

돈을 투입구에 넣기 전에 난 어떤 사실을 깨달았다.

"……쥬리. 너, 여기에 와서 일직선으로 이 게임기로 왔지? 다른 게임기에는 눈길도 주지 않고 마치 이 게임기에 노리는 경품이 있다는 걸 알고 있었던 것처럼."

"흐엣? 그, 그건……."

"혹시, 데이트 예비 조사하러 왔어?"

그때 유루왕코 경품을 보고 '케이타 선배한테 뽑아달라고 해야지'라고 생각한 거야?

"괘, 괜찮잖아요! 데이트할 장소를 미리 조사해서 뭐 어쨌다고요!"

쥬리는 얼굴을 빨갛게 물들이고 내 가슴을 투닥투닥 때렸다.

"미, 미안해. 그 얘기는 이제 안 할게."

"흥. 알면 됐습다."

쥬리는 '정말 섬세한 면이 없는 사람이네요'라며 화냈다.

어, 어째서? 내가 나쁜 짓을 했나?

반쯤 화난 쥬리가 지켜보는 가운데 나는 투입구에 200엔을 넣었다.

짤랑. 짤랑.

첫 번째 버튼을 눌러 집게를 오른쪽으로 움직였다.

"케이타 선배! 아직 멈추면 안 됩다! 조금만 더요!"

"에에잇, 시끄러워! 정신 산만해지니까 입에 지퍼 채워!"

쥬리에게 주의하면서 타이밍을 가늠해서 버튼을 놓았다. 동시에 집게의 움직임이 멈췄다. 자신이 있는 건 아니지만, 나쁘지 않은 위치다.

두 번째 버튼을 누르자 집게가 유루왕코를 향해 움직이기 시작했다.

노리는 곳은 인형의 태그. 거기에 집게를 걸어볼 생각이다.

"가라아아아아아아!"

버튼을 놓자 다시 집게가 멈추고 천천히 강하했다.

위~잉.

획.

집게는 태그에 걸리지 않고 허무하게 허공을 갈랐다.

"아~, 아깝습니다!"

"이제 첫 번째니까. 다음에야말로!"

"힘내요, 케이타 선배!"

짤랑. 짤랑.

위~잉.

획.

또 아무것도 잡지 못했다.

"아…… 다, 다음엔 뽑을 수 있을 것 같은데~!"

"케이타 선배. 제가 부탁해놓고 말하긴 뭐하지만, 무리는 안 하는 편이……."

"걱정 마. 다음은 필승의 예감이 들어!"

"그거 파칭코에서 돈을 잃는 사람들이 항상 하는 말임다……."

쥬리는 슬픈 눈으로 나를 봤다. 불쌍하게 여기지 말라고.

난 다시 돈을 넣었다.

짤랑. 짤랑.

위~잉.

획.

"아~ 그래그래, 파악했어. 다음엔 뽑을 수 있을 것 같아."

짤랑. 짤랑.

위~잉.

휙.

"다음이다! 다음번엔 뽑을 수 있다는 느낌이 들어!"

짤랑. 짤랑.

위~잉.

휙.

"_끄으으응……!_"

"케, 케이타 선배? 저기, 너무 진지하게 안 해도…… 돈도 꽤 썼으니까요."

"신경 쓰지 마. 쥬리는 내 선물을 받는 시뮬레이션만 돌리고 있어."

"케이타 선배의, 선물……."

쥬리는 '알겠습다, 힘내요!' 하고 성원을 보내며 내 어깨를 기쁜 듯이 두드렸다.

그렇게 이 경품을 갖고 싶은 거냐. 이거 꼭 뽑아줘야겠군.

다시 기합을 넣고 나는 인형 뽑기를 속행했다.

하지만 경품은 좀처럼 뽑을 수 없었다.

이 게임에 돈을 꽤 쓰고 말았다. 이후의 데이트에서도 돈은 들 테니, 다음이 마지막 기회인가.

쥬리도 응원해주고 있으니 어떻게든 뽑아주고 싶다.

난 동전을 투입하고 떨리는 손가락으로 게임기의 버튼

을 눌렀다.

　——더는 뒤가 없다.

　그런 긴장감에 쉽게 진 나는 버튼을 놓을 타이밍을 틀리고 말았다. 크레인은 상정한 정지 위치에서 미묘하게 벗어나 있었다.

　"이런. 저 위치면 집게에 태그가 안 걸리나······?"

　"케이타 선배, 멘탈 허접이네요······."

　"그만해, 몰아붙이지 마! 자신도 잘 알고 있으니까!"

　어차피 난 게임도 연애도 실전에 약한 남자라고! 나약해서 미안하네, 젠장!

　큭. 이 상황에 태그를 노리는 건 어렵다.

　그렇다면 작전을 변경하자. 노리는 곳은 유루왕코의 머리다.

　······그렇다고 해도 머리와 집게의 위치도 약간 어긋나 있다. 과연 잡을 수 있을까.

　"하지만 다른 좋은 방법은 안 떠오르고······ 에에잇, 해버리자!"

　생각하는 것을 포기한 나는 두 번째 버튼을 눌러 집게를 움직였다.

　타이밍 좋게 버튼을 놓자 유루왕코의 머리 위에서 집게가 멈췄다. 큭, 역시 다소 옆으로 벗어나 있나······.

　집게가 천천히 강하했다.

쥬리는 손을 모으고 집게에게 빌었다.

"집게 님, 부탁드립다……!"

위~잉…… 콱!

쥬리의 바람은 이루어졌다. 집게가 유루왕코의 머리를 잡고 들어 올린 것이다.

하지만 집게가 어긋난 영향으로 상당히 불안정하다. 저래서는 도중에 낙하할지도 모른다.

"가는 검다! 힘내, 유루왕코!"

쥬리의 목소리에 호응하듯이 유루왕코는 경이적인 끈질김을 보여줬다. 흔들흔들 믿음직하지 못하게 흔들리면서도 필사적으로 집게에 붙어있었다.

그리고 유루왕코는 경품 출구에 떨어졌다.

"실화냐…… 그 상태에서 뽑을 수 있을 줄은 몰랐어."

"우오오오옷! 해냈습다! 케이타 선배, 대단함다!"

쥬리가 엄청 기뻐하며 나를 덥석 안았다.

부끄러워져서 볼이 확 뜨거워졌다. 쥬리가 큰 소리를 내서 주위 사람이 부둥켜안고 있는 우리를 주목하고 있다.

"케이타 선배, 하면 되는 아이임다! 장하다, 장해!"

"아, 야 쥬리. 그, 모두 보고 있으니까……."

"예? 아……."

정신을 차리고 자신의 행동을 부끄럽게 여겼는지 쥬리는 나한테서 떨어졌다.

"……나하하~. 죄송함다. 또 어린애 같은 모습을 보여주고 말았네요."

"신경 쓰지 마. 어린애 같으면 뭐 어때. 난 있는 그대로의 쥬리가 더 좋아."

"……후훗. 또 그렇게 기분 좋게 만든다니까요."

쥬리는 입꼬리를 살짝 올리고 경품 출구에서 유루왕코를 꺼냈다.

"나하하. 너, 오늘부터 우리 집 애가 되는 검다~?"

쥬리는 유루왕코의 머리를 쓰다듬으면서 '이름은 케이타가 좋겠네요'라며 이름을 지었다. 그만둬. 왜 인형에 내 이름을…… 아니, 잠깐만.

"……쥬리는 인형에 이름을 붙이거나 해?"

"엑?! 아니, 그건~……."

"그보다 인형이랑 이야기하기도 하는구나?"

"아으으……."

쥬리는 곤란한 듯이 웃었다.

"고등학생이나 되어서 인형이랑 이야기하는 거, 이상할까요?"

"이상하진 않지만, 의외라고 생각했어."

"그, 그렇슴까…… 싫다. 또 케이타 선배한테 바보취급 당할 검다. 나하하……."

쥬리는 새빨간 볼을 손가락으로 긁적긁적 긁었다.

……살짝 소리쳐도 되나?

쥬리 주제에 완전 귀엽잖아아아아아아아!

뭐가 '이상할까요?'냐! 전혀 안 이상해! 유키나 선배조차 집 안에 인형이 가득하니까! 오히려 그런 있는 그대로의 자신을 더 드러내자! 부끄러운 부분을 다 드러내자! 마음은 벌거벗어도 좋으니까!

그리고 말해두겠지만, 난 쥬리를 바보취급 안 해!

금방 감정을 표출하고! 희노애락에 솔직하고! 항상 밝고 긍정적이고! 가식 없이 나한테 어리광부리고! 나나 유키나 선배에겐 없는 매력이라고! 그런 점을 소중히 여겨!

쥬리는 귀엽고 성격 좋은 여자애라고 생각한다.

──라고 말할 수 있을 리도 없어서 나는 입을 다물었다.

"케이타 선배가 준 선물이다…… 에헤헤."

쥬리는 유루왕코를 꼭 안았다.

뭐가 그렇게 기쁜 건지 모르겠지만 좋아해서 다행이다.

"인형, 아껴줘야 한다."

"넵! 감사함다!"

쥬리의 생기 넘치는 표정에 이끌려 나도 자연스럽게 웃음이 지어졌다.

인형 뽑기를 즐긴 우리는 오락실에서 나왔다.

그 후, 우리는 여러 곳에 갔다. 옷 가게, 서점, 레스토랑. 어딜 가도 쥬리는 시종일관 즐거워 보였다.

밤이 되어 우리는 공원의 벤치에서 휴식하기로 했다.

평소에는 아이들로 북적이는 공원이지만 지금은 사람 한 명 없었다. 낮의 떠들썩함이 거짓말이었던 것처럼 조용하다.

우리는 외등의 빛이 비치는 벤치에 앉았다.

"나하하~. 오늘은 잘 놀았네요."

"쥬리는 기운이 넘치네. 난 지쳤어."

"아~. 또~ 아저씨 같은 소리 하고 있습다."

"누가 아저씨냐!"

"나하핫! 아저씨가 화 났습다~!"

쥬리는 눈을 가늘게 뜨고 웃었다.

내가 아저씨면, 넌 아저씨랑 데이트한 게 되는 거라고? 그래도 좋은 거냐? 여고생과 아저씨 조합은 섞지 말라고, 위험하거든?

딴지를 걸어줄까 싶었지만, 쥬리의 표정을 보고 말을 삼켰다.

쥬리는 아까 전까지 웃고 있었지만, 지금은 얼굴이 창백해져 있었다.

뭐지? 몸이라도 안 좋은 건가?

"쥬리. 왜 그래?"

"없어…… 없습다……!"

쥬리는 당황한 기색으로 벤치 주변을 둘러봤다.

필사적으로 뭔가를 찾는 쥬리를 보고 나도 초조해졌다.

"나도 찾을게. 뭐가 없어? 스마트폰이야? 지갑이야?"

물어보니 쥬리는 나지막이 한마디 했다.

"케이타 선배한테 받은 유루왕코가 없슴다."

쥬리는 당장이라도 울 것 같은 얼굴로 말했다.

'없어, 없어……' 하고 서글프게 말하는 쥬리. 마치 보물을 잃어버린 아이 같은 표정을 짓고 있었다.

쥬리의 창백한 얼굴을 보고 있으니 마음이 쓰렸다.

그런 표정 짓지 마. 난 기운 없는 쥬리는 보고 싶지 않아.

웃는 얼굴이 눈부시고. 꺅꺅거리며 떠들썩하고. 하고 싶은 말은 다 하고…… 살짝 어리광쟁이인 쥬리가 아니면 싫어.

눈을 감으면 오늘 하루 옆에서 웃고 있던 쥬리의 얼굴이 떠오른다.

'어라? 케이타 선배애. 혹시 후배의 사복을 보고 두근두근 한 검까?'

'괘, 괜찮아! 오늘은 연인이니까!'

'케이타 선배가 준 선물이다…… 에헤헤.'

그래. 역시 쥬리는 시끄러운 게 보기 좋다.

반드시 되찾을 것이다. 잃어버린 인형도, 쥬리의 웃는

얼굴도.

"찾자, 유루왕코."

난 쥬리의 어깨에 손을 올리고 그렇게 제안했다.

"쥬리. 유루왕코는 하얗고 불투명한 비닐봉지에 넣어뒀
었지?"

물어보니 쥬리는 말없이 고개를 끄덕였다.

우리는 분담해서 유루왕코 수색을 시작했다.

벤치 아래, 공원 입구, 놀이기구와 화장실 주변……. 생
각나는 곳은 전부 찾아봤지만 찾지 못했다.

"공원에는 없는 것 같네. 다음은 오늘 놀았던 곳을 찾아
보자."

"네?"

쥬리는 놀란 소리를 내며 나를 봤다.

"하, 하지만 오늘은 여러 곳에 갔잖습까?"

"응. 뭐, 전부 돌아보면 되잖아?"

"힘들 거예요. 케이타 선배한테 미안함다."

"그렇게 슬픈 말 하지 마. 같이 찾아줄 테니까 찾자."

"아니, 그래도……."

"시끄러워~! 쥬리 주제에 마음 쓰지 말라고~!"

난 쥬리의 머리를 아무렇게나 쓰다듬어 헝클어뜨렸다.

"와왓! 뭐하는 검까!"

"내가 존경하는 쥬리는 분위기 파악 같은 건 안 해. 자신

이 느낀 것과 생각한 것을 소중히 여기고, 그걸 제대로 표현할 수 있는 대단한 녀석이야."

"케이타 선배……?"

"전에 말했지? 내 앞에서는 있는 그대로의 모습으로 있어도 된다고. 사양하지 마. 네 고집 정도는 전부 받아줄 테니까."

우리는 오랫동안 알고 지내왔잖아. 이제 와서 애써 마음을 써도 소용없다고.

잠시 후, 쥬리는 웃었다.

"나하핫. 그랬네요. 케이타 선배는 노예처럼 다뤄도 됐었죠."

"그 해석은 틀린 것 같은데?!"

내가 언제 네 노예가 됐는데……. 뭐, 날 놀릴 정도로 기운을 차린 것 같으니 다행이지만.

"케이타 선배! 저, 유루왕코를 찾고 싶습다!"

"말 잘했어! 그럼 분담해서 찾자. 난 레스토랑에 가볼게."

"그럼 전 들렀던 옷가게랑 서점을 돌아보겠습다!"

나와 쥬리는 다시 합류하기로 약속하고 두 편으로 나뉘었다.

◆

수색을 시작하고 1시간 후, 나와 쥬리는 공원에서 합류했다.

"못 찾았네요……."

"응……."

우리는 벤치에 앉아 성대하게 탄식했다.

레스토랑으로 돌아간 나는 접수된 분실물이 없는지 점원에게 물었다. 하지만 인형은 접수되지 않았다고 한다.

마찬가지로 쥬리도 들렀던 다른 가게를 전부 돌아다녔지만, 인형 분실물은 없었다고 한다.

밤도 늦었으니 이 이상의 수색은 무리다.

아쉽지만 어쩔 수 없다. 훗날에 똑같은 인형을 뽑아주는 걸로 작전을 바꿀까.

앞으로 어떻게 할지 생각하고 있으니 옆에서 쥬리의 메마른 목소리가 들렸다.

"소중한 선물이었는데…… 죄송함다."

쥬리는 나하핫 하고 힘없이 웃었다.

……정말이지. 그런 얼굴 하지 말라니깐.

"기운 내. 다음에 오락실 가서 똑같은 걸 뽑아줄 테니까."

"괜찮슴다."

쥬리는 고개를 저었다. 두 눈에는 눈물이 고여 있었다.

"뭐야. 좀 더 의지해도 된다고?"

"그 유루왕코가 아니면 싫어요."

"······무슨 뜻이야?"

"그야······ 그 유루왕코는 케이타 선배가 절 위해 열심히 뽑아준 선물이니까······ 첫 데이트에서 받은, 첫 선물이니까! 단순한 경품일지도 모르지만, 저한테는 엄청 소중한 겁니다! 그거랑 똑같은 건 존재하지 않아요!"

쥬리가 울먹이는 소리가 밤의 공원에 공허하게 울렸다.

"쥬리, 너······."

"싫다······ 내 부주의로 잃어버렸는데 케이타 선배한테 화풀이하다니······ 정말, 뭐 하는 걸까요, 저."

쥬리는 코를 훌쩍이고 벤치 위에서 무릎을 안고 앉았다.

나도 모르게 주먹을 세게 쥐었다. 손톱이 손에 파고들어 아프다. 난 뭐하고 있는 거냐. 잘 따라주는 후배를 웃게 해주지도 못하는데 뭐가 선배냐. 너무 꼴사납잖아.

힘이 되어주지 못하는 답답함에 애태우고 있으니 갑자기 내 스마트폰이 울렸다. 주머니에서 꺼내 전화를 받았다.

"여보세요. 아, 안녕하세요······. 예? 정말인가요?! 네, 네····· 감사합니다! 지금 갈게요!"

난 전화를 끊고 쥬리에게 엄지를 척 세웠다.

"쥬리! 유루왕코 찾았대!"

"네?! 어디서 찾았습까?!"

"레스토랑. 분실물 신고는 아니지만, 우리가 쓴 자리 아래에 있는 걸 점원이 찾아줬대."

──어쩌면 나중에 유루왕코가 발견될지도 모른다.

그렇게 생각한 나는 점원에게 전화번호를 적은 종이를 주고 찾으면 연락해달라고 부탁했다. 만일을 위해서 부탁해두길 잘했다.

"잘됐네…… 쥬리? 괜찮아?"

쥬리는 고개를 숙이고 바들바들 떨었다.

뭐, 뭐지? 설마 안심한 직후에 큰 소리로 우는 패턴은 아니겠지?

우는 것에 대비하고 있으니 쥬리는 힘차게 고개를 들었다.

"선배애…… 케이타 선배애애애애애!"

"우왓! 아, 안기지 마, 바보야!"

"그렇지만! 엄청 기쁜걸요!"

쥬리는 행복해 보이는 얼굴로 그렇게 말했다. 볼은 아직 눈물로 젖어있었고, 외등이 쥬리의 표정을 반짝반짝 빛나게 했다.

아까 전까지 울었으면서 벌써 웃고 있다. 바쁜 녀석 같으니라고.

그래도…… 쥬리의 그 표정이 보고 싶었다. 유루왕코를 찾아서 정말 다행이다.

"쥬리. 가슴 닿고 있는데."

"으앗?! 케이타 선배, 변태임다!"

쥬리는 황급히 나에게서 떨어졌다.

그 반응이 재밌어서 웃으니 쥬리도 덩달아 웃었다.

"나하핫. 케이타 선배. 절 위해서, 여러 가지로 감사함다."

"별말씀을. 조금은 다시 봤냐?"

"……조금 정도가 아니에요. 호감도 MAX임다."

"그래그래. 앞으로는 선배를 더 공경해야 한다?"

"그…… 선배로서 좋다는 뜻이 아닌데. 케이타 선배는 진짜 둔감하다니까요."

쥬리는 재미없다는 듯이 다리를 위아래로 파닥거리면서 반쯤 감은 눈으로 나를 째려봤다.

왜일까. 엄청 비난받고 있는 듯한 느낌이 드는데.

"뭐가 둔감한데?"

"안 가르쳐줄 검다~."

쥬리는 힘차게 일어섰다.

"케이타 선배. 레스토랑으로 가요."

"잠깐만, 궁금하잖아! 방금 대화에서 나의 어디가 둔감한 거야!"

"모르겠는데~."

"말해! 말 안 하면 간지럼 지옥 형벌에 처한다!"

"꺄악~! 케이타 아저씨가 덮친다~!"

쥬리는 벤치에서 일어나 나에게서 도망치듯이 뛰기 시작했다. 즐거워 보이는 그 웃음 띤 얼굴은 별의 반짝임을 날려버릴 정도로 밝아서 눈부셨다.

나는 일어나서 쥬리를 쫓았다.

"멈춰, 쥬리! 아저씨는 걷다가 지쳐서 더는 못 뛰어!"

"싫습다! 멈추면 분명 간지럽힐 거잖습까!"

"칫, 들켰나!"

"헤헹~! 케이타 선배의 생각 정도는 훤히 보임다!!"

나와 쥬리는 공원에서 나와 질릴 때까지 달렸다.

쥬리와 장난치면서 밤을 달리는 시간은 정말 마음이 편했다.

◆

우리는 무사히 유루왕코를 받아서 다시 공원 벤치로 돌아왔다.

밤의 공원에는 여전히 아무도 없었다. 정말 조용하다. 외등과 달빛이 부드럽게 내리쬐는 벤치는 우리 둘만의 공간이었다.

"나하하~. '케이타', 미안해. 이제 안 놓을 검다~?"

쥬리는 유루왕코를 소중하게 꼬옥 안았다.

"있잖아. 인형에 내 이름 붙여서 부르는 거 그만하지 않을래?"

"괜찮잖습까~. 그렇지? 케이타도 이름을 받아서 좋죠?"

쥬리는 그렇게 말하고 유루왕코의 머리를 꾸깃꾸깃 쓰

다듬었다. 내가 귀여움 받는 듯한 느낌이 들어 왠지 부끄럽다.

"케이타 선배. 오늘은 정말 신세 많이 졌습다."

"후배를 돌봐주는 것도 선배의 일이야. 신경 쓰지 마."

"후배⋯⋯ 그렇죠. 전 케이타 선배의 '후배'죠⋯⋯."

쥬리는 밤하늘을 올려다봤다. 그 옆모습에는 아까 전까지의 기운은 없었다.

"아~아. 마법이 풀려버렸네요."

"갑자기 뭐야. 신데렐라 이야기야?"

"나하핫. 그럴지도 모르겠네요. 이제 '일일 여자 친구'의 마법은 풀리니까 더는 왕자님 옆에는⋯⋯."

쥬리는 문득 부드러운 표정으로 나를 봤다.

"케이타 선배. 저, 언젠가 느꼈던 '가슴의 통증'에 대한 답을 알았어요."

나는 볼을 붉히는 쥬리에게 아무 말도 할 수 없었다.

"저, 케이타 선배가 좋습다. 선배로서가 아니라. 이성으로서."

정적에 휩싸인 공원에서 그 말은 똑똑히 들렸다.

무서울 정도로 심장이 뛰고 머릿속이 새하얘졌다.

"그, 그런가⋯⋯. 고마워."

"에~. 그것 뿐임까? 왠지 슬픔다."

쥬리는 장난스럽게 '나하핫' 하고 웃었다.

"아니, 알고 있어요. 케이타 선배는 유키나 선배를 좋아하죠?"

겨울의 추위 때문인가.

아니면 핵심을 찌르는 말 때문인가.

모르겠지만 몸이 떨렸다.

"⋯⋯응. 그, 미안해."

"사과하지 마세요. 연애는 자유잖습까."

"그게 아니라⋯⋯. 오늘 실컷 선배 행세를 해놓고 이럴 때는 뭐라고 하면 좋을지 몰라서⋯⋯."

"아~. 그건 처음부터 기대 안 했습. 케이타 선배는 글러 먹은 남자니까요."

"다른 표현이 있을 텐데?!"

말이 심했다. 하지만 사실이라 반론할 수 없는 게 슬프다.

"나하핫. 그래그래. 그런 느낌으로 신나는 느낌으로 부탁할게요. 축 처지는 건 안 좋아하니까요."

쥬리는 이야기를 계속했다.

묘한 위화감이 느껴졌다.

이렇게 점잖은 쥬리를 보는 건 얼마 만일까.

난 이 이상한 쥬리를 잘 알고 있다.

"케이타 선배. 저 사실은 이미 포기했어요. 케이타 선배 랑 유키나 선배는 서로 좋아하잖습까. 제가 들어갈 틈은 없는 걸요."

왜 이렇게 고분고분한 걸까.

왜 나한테 고집을 부리지 않는 걸까.

지금의 쥬리는 마치 반 친구와 보조를 맞추고 있을 때의 '분위기 파악 잘하는 쥬리'같았다.

"둘을 방해하면 안 된다고 생각했지만, 마음만은 꼭 전하고 싶어서. 크리스마스는 유키나 선배에게 양보하고 오늘 데이트하고 고백하자고 생각했습다."

쥬리는 웃고 있는데 전혀 즐거워 보이지 않았다.

나는 안다. 유키나 선배가 벽 너머로밖에 마음을 전할 수 없는 것과 마찬가지다.

약해빠진 우리는 마음과 입이 연결되어 있지 않다. 속마음이 입으로 튀어나오지 못하도록 마음에 자물쇠를 살짝 채워둔 것이다. 상대에게 속마음을 전하면 지금의 관계가 부서질지도 모른다는 불안에 떨고 있기 때문이다.

하지만 쥬리는 우리와는 다르다.

마음을 전하는 게 무서워도 제대로 '좋아한다'고 말했으니까.

알고 있다. '사실은 이미 포기했다'라는 말은 나를 곤란하게 만들지 않기 위한 명분이라는 것쯤은.

그래도 가장 중요한 '좋아한다'라는 마음만은 전했다. 역시 쥬리는 대단한 녀석이다.

"딱 하루. 정말 딱 하루로 좋았어요. 이렇게 연인이 된 기분을 맛보고 마음을 전할 수 있어서. 이야, 오늘은 정말 좋은 날이었어요!"

쥬리가 힘차게 일어섰다.

이제 신데렐라의 마법이 풀릴 시간이라는 걸 깨달았다.

"그럼, 오늘은 이만! 케이타 선배! 유키나 선배랑 행복하게 지내십쇼!"

쥬리가 뛰어가려고 했을 때, 난 그녀의 가는 팔을 잡고 멈춰 세웠다.

"……나하핫. 케이타 선배. 놓아주십쇼."

"싫어. 아직 이야기는 안 끝났어."

쥬리가 이쪽을 봤다. 빨간 입술을 깨물고 눈물을 흘리고 있었다.

"아~아…… 울고 있는 거, 들켜…… 버렸잖습까……!"

눈물이 쥬리의 하얀 볼에서 흘러 떨어졌다. 뚝뚝 땅에 얼룩이 생겨났다.

"쥬리의 마음은 알았어. 그 마음에 나도 가능한 한 성실하게 대하고 싶어. 자기만 마음을 전하고 떠나면 곤란해."

"……나하핫. 역시, 좀 치사했을까요?"

쥬리는 소매로 눈가를 박박 닦았다.

"그래서? 케이타 선배는 저한테 무슨 말을 하고 싶습까?"

"그…… 엄청 기뻤어. 쥬리의 좋아한다는 마음이 전해져서. 하지만 미안해. 사귈 수는 없어. 난 역시 유키나 선배가 좋으니까."

"나하하. 괜찮아요, 알고 있으니까요."

"……나, 용기를 내서 유키나 선배에게 고백할 생각이야."

"예?"

"쥬리에게 자극을 받았어. 가장 소중한 '좋아한다는 마음'만은 꼭 전해야겠지. 이런 말을 하는 건 비겁한 걸지도 모르겠지만…… 고마워, 쥬리."

난 솔직하게 지금의 기분을 전했다.

찬 사람에게 이런 말을 하면 마음을 더 아프게 할까.

하지만 쥬리의 고백을 받아들이지도 않고, 지금까지와 마찬가지로 유키나 선배와 벽 너머로만 연인 기분으로 있는 건 잘못됐다는 느낌이 들었다.

그래서 여기서 약속하고 싶었다.

나도 쥬리처럼 마음을 전하겠다고.

……쥬리, 화났겠지. '그런 건 알아서 해! 주책 떨지 말라고!'라고 생각해도 어쩔 수 없다.

하지만 내 예상은 빗나갔다.

쥬리는 화내기는커녕 눈을 깜빡이면서 놀라고 있었다.

"케이타 선배……. 지금 유키나 선배한테 고백한다고 했습까?"

"응. 그, 쥬리한테 이런 말을 하는 건 이상하다는 자각은 있지만——."

"……습까."

"어? 뭐라고?"

"선배님들 사귀고 있는 거 아니었습까아아아아아아?!"

쥬리의 경악한 목소리가 공원에 울려 퍼졌다.

어…… 설마 쥬리 녀석, 나랑 유키나 선배가 사귀고 있는 줄 알고 있었나?

그럼 크리스마스를 유키나 선배한테 양보한 것도 선배와의 데이트를 방해하지 않도록 날 배려한 거야?!

"전, 분명 사귀고 있는 줄……! 왜 안 사귀고 있는 검까!"

"아니, 고백은 용기가 필요하니까……."

"뭘 쭈뼛거리는 검까, 기분 나쁨다! 그보다 좋아한다고 말만 하면 되는 거 아님까! 바보임까?!"

"야 이 바보야! 그게 어렵단 말이다!"

"아니, 진짜로 바보임다! 저 지금까지 케이타 선배한테 실컷 바보라는 말을 들어왔지만, 이제 두 번 다시 선배한테 바보라는 말은 듣고 싶지 않슴다! 이 겁쟁이 놈! 쭈뼛쭈뼛 청춘 아저씨!"

"그렇게까지 말하는 거야?!"

고백할 용기가 나지 않는 고등학생, 이 세상에 잔뜩 있을 것 같은데.

"아~ 그래도 다행이다! 그럼, 둘은 안 사귀고 있는 거네요?"

"뭐, 뭐야. 다른 사람의 불행이 그렇게 기쁘냐."

"기쁘다…… 그야, 아직 포기 안 해도 되니까요."

"……어?"

잠깐만.

지금 포기 안 해도 된다고 했나?

"있잖아, 쥬리. 내가 방금 거절한 것 같은데……."

"제가 빠지는 건 여자 친구가 있는 줄 알았기 때문임다. 하지만 여자 친구 없는 거죠? 그럼 저한테도 기회가 있는 거죠?"

"아니, 그건 이상하지 않니?"

"케이타 선배! 빨리 차여주십쇼!"

"너 인마, 그건 해선 안 될 말이라고?!"

그 말이야말로 마음에 묻어둬야 하는 속마음이라 생각한다.

"저 두 사람의 사랑이 이루어지지 않도록 기도해 두겠습다. 안심하세요. 만약 차이면 제가 케이타 선배의 여자 친구가 되어줄 테니까요."

"그런 상냥함은 필요 없어!"

"나하하…… 지금은 무리라도 반드시 돌아보게 만들어 보이겠습다."

쥬리는 그렇게 말하고 얼굴을 가까이 댔다.

나와 쥬리 사이의 거리가 사라졌다. 입술과 입술이 부

드럽게 맞닿았다. 너무 부드러워서 머릿속이 녹을 것만 같았다.

쥬리는 천천히 나에게서 떨어졌다. 입술이 침으로 젖어 있었다. 나도 모르게 부끄러워하는 듯한 쥬리의 얼굴을 넋을 잃고 보고 말았다.

쥬리와 키스했다.

겨우 사태를 파악한 나는 패닉에 빠졌다.

"쥬리, 너……!"

"케이타 선배의 미래의 여자 친구가 될 예정이니 지금 한 키스는 가불임다. 나하하, 두근두근 했습까?"

쥬리는 부끄러운 듯이 웃었다. 그녀의 볼은 사과처럼 빨갛게 물들어 있었다.

"이, 이 다음을 하고 싶다면, 바라던 바임다!"

쥬리는 그런 말을 남기고 뛰어서 도망쳤다.

별이 반짝이는 하늘 아래, 멀어져가는 쥬리의 등을 바라보면서 나는 그 자리에 우두커니 서 있었다.

가슴이 뜨겁고 아팠다.

12월의 밤바람이 스쳐 지나가도 달아오른 몸의 열은 식지 않았다. 생생하게 남아있는 입술의 감촉이 내 호흡을 흐트러뜨리고 심장을 날뛰게 했다. 쿵쿵 가슴을 치는 고동이 귓가보다 가까운 머릿속에서 울렸다. 거칠게 내쉬는 하얀 숨결이 밤공기에 녹아들어 사라져갔다.

이럴 생각은 없었다.

쥬리가 웃는 모습을 보고 싶었을 뿐이지 호감을 얻으려고 인형을 찾은 게 아니다. 지금까지도 그렇다. 난 쥬리가 밝고 기운 넘치는 모습으로 있었으면 해서 도와줬을 뿐인데. 선전포고를 받고 입술을 빼앗길 줄은 몰랐다.

유키나 선배에게 미안해서 가슴이 팽팽하게 옥죄었다.

난…… 어떤 얼굴로 유키나 선배를 보면 좋을까.

"케이타……?"

뒤에서 내 이름을 부르는 소리가 들렸다.

뒤돌아보니 사복 차림의 유키나 선배가 서 있었다. 전에 말했던 아르바이트에서 돌아오는 길인지 위에는 후드티, 아래에는 청바지에 스니커와 같은 움직이기 편하고 심플한 복장이었다.

젖은 속눈썹. 떨리는 입술. 마치 이 세상의 끝을 보는 듯한 표정.

나는 유키나 선배의 얼굴을 보고 깨달았다.

전부 보고 있었다고.

"유키나 선배! 이건——."

"쥬리랑…… 키스, 하고 있었지?"

유키나 선배의 목소리는 평소보다 부드러웠다.

난 이 목소리를 잘 알고 있다.

벽 너머로 듣는 진심을 말할 때의 목소리다.

"그래…… 너희는 사이가 좋았지."

"아니에요! 지금 건 기습이었다고 해야 할까…… 저희는 사귀는 게 아니에요."

"……정말로?"

"네. 그것만큼은 맹세하고 말할 수 있어요."

"하지만 케이타는 쥬리랑 데이트하고, 분위기 좋았지? 그렇지 않으면 쥬리도 키스하려고 안 했을 거야."

"그, 그건……."

"……가르쳐줘."

"네?"

"오늘 너희가 어떤 시간을 보내고 키스를 하게 됐는지. 거짓말이 아니면 나한테 설명해! 케이타를, 믿게 해줘!"

유키나 선배는 나에게 울 것 같은 얼굴을 가까이 댔다.

더는 벽 같은 건 필요 없었다. 심술쟁이인 그녀는 얼굴을 마주 보고 진심을 전할 수 있는 강한 사람이 되어 있었다.

그럼 나는 어떤가?

언제까지 이 소중한 마음을 전하는 걸 미룰 생각이지?

지금까지 알아차리지 못했다.

공동주택의 벽에 의지하고 있는 건 나였다.

이대로는 안 된다. 내가 진심을 전해야 한다.

"알겠어요. 저희는 일단 역 앞에 모여서——."

난 유키나 선배에게 오늘 하루 있었던 일을 전부 설명

했다.

이야기를 끝내니 유키나 선배는 조용히 입을 열었다.

"……이야기는 끝났니?"

"네. 전부 제 잘못이에요."

"그럼 물어보겠는데, 케이타는 자신이 무엇을 잘못했다고 생각하고 있어?"

추궁하는 듯한 말투에 숨을 죽였다.

내가 잘못한 것은 쥬리와 키스를 해버렸다는 것.

그렇게 생각하고 있었는데…… 아닌가?

내가 입을 다물고 있으니 유키나 선배는 고개를 좌우로 저었다.

"……난, 역시 못 믿겠어."

"그렇겠죠……. 그런 장면을 보면 저와 쥬리가 사귀고 있다는 생각이 들겠죠."

"아니야. 그게 아니야. 케이타의 설명은 믿어. 네가 거짓말을 하는지 아닌지는 금방 알 수 있는걸."

──쭉, 제일 가까이서 널 봐왔는걸.

유키나 선배는 눈물을 참고 떨리는 목소리로 그렇게 말했다.

"그럼, 뭘 안 믿는 건가요?"

물어보니 유키나 선배는 불쑥 한마디 했다.

"상냥함이야."

"……예?"

"케이타의 상냥함은 내가 생각하는 상냥함이 아니야."

나는 유키나 선배가 무슨 말을 하는지 이해가 안 됐다.

하지만 화내고 있는 이유는 왠지 모르게 알 수 있었다.

내가 나쁜 이유는 잘못된 상냥함으로 유키나 선배와 쥬리를 대하고 있기 때문……. 아마 그런 이유일 것이다.

다만 어떻게 잘못됐는지를 이해할 수 없었다.

유키나 선배는 울면서 웃었다.

"케이타…… 난, 네가 좋아."

차가운 바람이 답답한 듯이 나와 유키나 선배 사이로 지나갔다.

좋아한다. 내가 애타게 기다리던 말이다. 사실은 내가 전하고 싶었던 마음. 벽 너머가 아니라, 지금 이렇게 서로의 마음을 확인할 수 있었다.

그럴 터인데 전혀 기쁘지 않았다. 정말 좋아하는 사람을 울리고 기뻐할 수 있을 리가 없다.

난 어떡하면 좋지?

언제나처럼 눈앞에서 눈물을 흘리는 유키나 선배를 구할 방법을 찾을 수 없었다.

"다 털어놓을게. 난 케이타가 엄청 좋아. 항상 네 생각만 하고 있어. 방에 있을 때도, 학교에 있을 때도…… 이렇게 밖에 외출할 때도."

오늘의 유키나 선배는 왜 이렇게 솔직하고 아플 정도로 진심인가.

아는 것이 무서워 난 침묵했다.

"난 부끄러운 걸 숨기려고 심술궂게 굴지만…… 그건 전부 정말 좋아하는 마음이 표출된 거다? 머릿속에 케이타 생각으로 꽉 찼어."

유키나 선배는 '하지만 넌 아니구나' 라고 말했다. 이미 웃음은 사라졌고, 당장이라도 오열을 할 것 같은 표정을 짓고 있었다.

"지금 케이타한테 고백에 대한 대답을 들어도 믿을 수 없어."

"유키나 선배……."

"그렇잖아……!"

유키나 선배의 눈에서 눈물이 흘러넘쳤다.

"케이타 주변에는 귀여운 애만 모이고, 넌 모두에게 잘해주고……. 그러니까 다들 널 좋아하게 되는 거야……. 케이타 바보야! 좀 더 나만 봐달라고! 날 좋아한다면 이렇게 불안하게 만들지 말란 말이야!"

유키나 선배의 말에 퍼뜩 정신을 차렸다.

그런가……. 나의 상냥함은 모두를 평등하게 대할 뿐이구나.

유키나 선배에게뿐만 아니라 난 누구에게나 상냥하게

대해주고 있다. 누구 하나 특별취급하지 않는다. 동료가 위기에 빠졌을 때는 손을 내밀고 내가 희생해도 좋다고 생각하고 있다. 동료의 웃는 얼굴을 볼 수 있다면 고집도 들어주고 만다. 난 그런 성격이다.

그러니 누구 하나 거절할 수 없다.

오늘 한 데이트도 그렇다. 나에겐 마음으로 정한 사람이 있는데 왜 데이트했지? 벌칙이라고는 해도 왜 손을 잡았지? 쥬리가 '쥬리'인 채로 돌아가려고 했을 때, 왜 멈춰 세웠지?

모든 것이 누적된 결과가 바로 지금이다.

얼핏 보면 미덕으로도 보이는 내 평등한 상냥함은 정말 좋아하는 사람에게는 닿지 않는다. 그런 신기루 같은 것이었다.

"이제 주인과 하인 관계도 끝내자……!"

유키나 선배는 울면서 그렇게 말했다.

"왜…… 그렇게 슬픈 말을 하는 거예요?"

"네 상냥함이 무섭기 때문이야. 이젠 얼굴도 안 보고 싶어."

좋아하기에 알아차리고 말았다.

지금 한 말만은 진심으로 한 말이 아니다. 심술쟁이 유키나 선배가 한 말이다.

"케이타. 내 앞에서 사라져."

거짓말이다. 그런 생각은 조금도 없다.

내 상냥함이 당신에게 상처를 입혔다는 것은 이해했다. 좋아하는 사람을 모두와 똑같이 취급해서 불안하게 만든 것도 납득했다.

하지만 마음에 벽을 쌓는 건 아니잖아.

내가 반론할 수 있는 처지가 아니라는 건 알고 있다.

그래도 이대로 아무 말도 하지 않고 물러날 수는 없다.

"유키나 선배…… 제 이야기는 안 들어주는 건가요?"

"네 이야기를 들어줄 생각은 없어."

"치사해……. 왜 갑자기 독설로 얼버무리는 건가요? 아까까지 진심으로 이야기했는데……!"

"내가 케이타한테 마음을 열 필요가 있을까?"

있다.

좋아한다고 말해줬잖아.

당신은 아직 내 마음을 안 들었잖아.

"이제 케이타네 방에도 안 갈 테니까. 그럼."

유키나 선배가 나에게 등을 돌리려고 했다.

"도망치지 마, 심술쟁이!"

난 유키나 선배의 손을 잡고 이쪽을 보게 했다.

눈물을 참는 유키나 선배의 얼굴을 보고 머릿속이 엉망 진창이 되었다.

"멋대로 말하지 말라고……. 내 말은 하나도 안 들었으면서! 넌 옛날부터 그랬어! 제멋대로인 데다가 솔직하지 못하고! 휘둘리는 내 입장도 생각하라고!"

아니다. 그런 말을 하고 싶은 게 아니다.

제멋대로인 점도. 솔직해지지 못한 귀여운 면도. 휘둘리는 매일도. 전부 정말 좋아한다.

더는 당신이 없는 생활은 생각할 수 없다.

"항상 자기 마음을 숨기는데! 그런데 '불안하게 하지 마'라니, 무리잖아! 좀 더 솔직해져! 조금은 다가오라고! 너의 말로 가르쳐줘!"

어째서지.

해서는 안 될 말이 흘러넘쳐 멈추지 않았다.

"유키나 선배의 하인 같은 건 이제 지긋지긋해! 내가 먼저 그만둬주지! 내 앞에서 유키나 선배가 사라져서 아주 속이 시원해!"

말한 뒤에 자신을 때리고 싶어졌다.

속마음을 전하지 못하는 건 자기도 마찬가지가 아닌가.

"……윽, 흑."

유키나 선배는 얼굴을 찡그리고 아이처럼 울었다.

"하지만…… 어쩔 수 없잖아……. 케이타 앞에서는……나, 솔직해질 수 없는걸……!"

유키나 선배는 뒤돌아서 달리기 시작했다.

"아…… 유키나 선배!"

서둘러 뻗은 손은 유키나 선배를 잡지 못하고 허공을 갈랐다. 그대로 발이 엉켜 시원하게 넘어지고 말았다.

아픔을 참고 일어섰다. 유키나 선배의 모습은 이제 어디에도 없었다.

나는 아무도 없는 공원에서 울었다.

"유키나 선배…… 미안, 해요……!"

얼마나 좋아하는 사람에게 상처를 입혀야 끝나는 걸까.

우리에겐 더 이상 벽 같은 건 필요 없다. 조금 멀리 돌아서 가기도 하지만 서로의 진심을 알아차릴 수 있는 사이가 되었다고 자부하고 있었다.

하지만 진심이란 좋은 것만 있는 게 아니다. 고민과 불안, 분노…… 부정적인 것도 다 포함해서 진심이다. 그것은 때때로 타인을 상처 입히고, 진심과는 반대되는 감정도 끌어당긴다.

난 오늘 처음으로 진정한 의미로 유키나 선배와 진심으로 싸운 걸지도 모른다.

하지만.

그 대가는 너무나도 컸다.

◆

집으로 돌아온 나는 샤워를 하고 침대에 걸터앉았다.

눈을 감으면 유키나 선배가 우는 얼굴이 떠올랐다.

난…… 왜 그런 말을 해버린 걸까.

"평소에 그렇게 욱하는 일은 없는데……."

내 의견을 듣지 않고 일방적으로 나무라서 화가 났나?

아마 그게 아닐 것이다.

유키나 선배의 말이 맞아서 진실을 인정하는 것이 무서워진 것이다.

다른 여자애를 대하는 것처럼 유키나 선배를 대하면 내 진정한 마음 같은 건 알 수 없게 된다. 유키나 선배의 말은 당연한 했다.

즉, 내 경박한 상냥함이 그녀를 상처 입힌 것이다.

그런데 난 적반하장으로 화내고 말았다……. 유키나 선배가 심술쟁이라는 것은 내가 누구보다 잘 아는데.

흘러넘치는 감정이 머릿속을 빙빙 돌았다. 생각이 잘 정리되지 않았다.

이럴 때 난 항상 어떻게 했었지.

……그렇다. 이성을 유지하기 위해 마음속으로 항상 소리쳤다.

딱 이런 식으로.

나는 침대를 힘껏 때렸다.

"……살짝 소리쳐도 되나?"

타나카 케이타라는 남자 완전 멋없잖아아아아아아!

뭐가 유키나 선배 일편단심이냐! 뭐가 유키나 선배의 하인이냐! 쥬리랑 꽁냥대기나 하고! 넌 모두에게 잘해주고 있을 뿐일지도 모르겠지만, 그런 행동이 유키나 선배를 불안하게 만든다는 걸 깨달아라, 바보야! 다른 애한테 키스를 받다니, 호감도를 얼마나 올린 거냐! 미연시 주인공이냐, 폭발해라!

너 같은 진성 M 변태 놈이 하렘이 가능한 트루 루트로 가려고 하지 말란 말이다! 돼지는 돼지답게 주인만 바라보라고! 좋아하는 사람을 특별하게 대해주지 못하는 돼지는 그냥 돼지다! 그런 건 상식이야, 이 발 페티쉬 자식아!

정말로 좋아한다면 머리가 그 아이 생각으로 가득 차라고! 불안하게 만들지 마라! 마음을 제대로 전해주라고, 겁쟁이!

좋아한다는 마음이 전혀 전해지지 않았다고!

잘 들어라, 겁쟁이(케이타)!

네가 할 일은!

유키나 선배를 안심시키고 좋아한다는 마음을 전하는 것…… 그것 뿐이잖아아아아아!

──라고 말하면 벽 너머로 전해지니 그만뒀다.

이 마음만은 직접 얼굴을 마주 보고 전해야만 한다고 생각하니까.

"……좋아, 정했다!"

내일 유키나 선배한테 사과하자.

그리고 고백한다.

심술궂은 태도로 반응해도 반드시 안심시켜주는 거다.

"내 진심을, 전해야 해."

자신에게 맹세하고 나는 방의 불을 껐다.

【난공불락 심술쟁이】

날이 밝고 결전의 날 아침이 왔다.

오늘의 목표는 유키나 선배에게 사과하고 좋아한다는 마음을 전하는 것. 유키나 선배의 불안을 해소하려면 이 방법밖에 없다.

준비를 끝낸 나는 방에서 나왔다.

공동주택의 복도에 서서 스마트폰으로 시간을 확인했다. 시각은 오전 7시 20분. 등교하기에는 아직 조금 이른 시간이다.

난 아침에 유키나 선배에게 사과할 생각이다. 이런 건 시간이 지나면 지날수록 사과하기 어려워지기 때문이다.

날이 바뀌어 유키나 선배도 조금은 냉정해졌을 것이다. 이야기 정도는 들어줄 것이다.

화해하면 밤에 만날 약속을 하자. 가능하면 단둘이 있을 수 있는 곳…… 내 방이 제일 좋다.

거기서 고백하자. 반드시 좋아한다고 말하는 거다.

"……좀 긴장되기 시작했네."

가슴을 졸이고 있으니 유키나 선배가 방에서 나왔다.

"유키나 선배."

말을 거니 유키나 선배와 시선이 마주쳤다.

"어제는 정말 죄송합니다. 전, 제 나쁜 부분을 깨달았어요. 전 모두를 평등하게 다정하게 대해줘서 유키나 선배를……아, 잠깐만요!"

유키나 선배는 나를 무시하고 복도를 걸어서 가버렸다.

내 존재를 못 알아차리고 있을 리가 없다. 무시하는 거다. 어제 일에 대해서 많이 화내고 있구나…….

하지만 여기서 포기할 수는 없다.

"잠깐만요, 유키나 선배!"

나는 뛰어서 유키나 선배 앞으로 돌아 들어가 진로를 막듯이 섰다.

"저 유키나 선배한테 사과하고 싶어요."

다시 말을 걸었지만, 대답은 없었다.

그래도 우직하게 전하는 수밖에 없다.

"유키나 선배가 화난 이유, 겨우 알았어요. 전——."

"방해돼."

유키나 선배는 내 옆으로 지나가려고 했다.

난 황급히 유키나 선배의 어깨를 잡았다.

"잠깐만요! 잠시면 되니까 이야기를—— 우왓!"

눈에도 보이지 않는 빠른 기술이었다.

유키나 선배에게 교복을 잡아끌린 다음 순간, 뒤꿈치를 깔끔하게 감겼다. 정신을 차리고 보니 난 그 자리에 넘어져 있었다.

이 기술은 분명 안뒤축후리기. 유도의 기본적인 기술 중 하나다.

"까, 깜짝 놀랐네…… 앗, 유키나 선배!"

유키나 선배는 나를 무시하고 구두 소리를 또각또각 울리면서 떠나갔다.

평소에 부끄러움을 숨기려고 쓰는 유도 기술과는 달리 몸이 아프지는 않았다. 유키나 선배가 봐준 것이다.

"……만만치 않네."

설마 무시당할 줄은 몰랐다.

그래도 난 믿고 있다. 유키나 선배도 사실은 나와 화해하고 싶을 것이다. 조금 거부당한 정도로 낙담하고 있을 수는 없다.

"좋아! 앞질러서 학교에 갈까!"

유키나 선배가 오기를 기다렸다가 이번에야말로 사과하는 것이다.

난 유키나 선배와 만나지 않도록 다른 길로 달려서 학교로 향했다.

◆

유키나 선배를 만나기 위해서는 어디서 기다리면 좋을까.

……교문이 가장 타당할 것 같다.

하지만 우리 학교에는 정문 외에 동쪽에도 교문이 있다. 유키나 선배는 보통 정문을 이용하지만 나와 만나는 걸 피하고자 동문으로 등교할지도 모른다. 그러니 교문에서 기다리는 안은 기각이다.

어느 문으로 등교해도 확실하게 만날 수 있는 장소라고 하면 3학년 신발장밖에 없다.

그리하여 나는 유키나 선배의 반 신발장 앞에 왔다.

등교한 3학년생은 나를 '이 녀석은 누구지?'라는 얼굴로 봤다. 꼭 수상한 사람처럼 취급하는데 2학년생이 3학년생의 신발장 앞에 있으면 당연히 이런 반응이 나올 것이다.

솔직히 상당히 거북하다. 부탁이야, 유키나 선배. 빨리 등교해줘.

선배들의 시선을 견디면서 기다리길 5분. 유키나 선배가 왔다.

"⋯⋯케이타. 뭐 하고 있는 거야?"

"아침에 하던 얘기를 이어서 해요."

"아침에 하던 이야기? 내 실내화 냄새를 맡는다는 이야기라도 했었나?"

"그런 짓 안 하는데?!"

"그래. 구두 쪽이구나."

"냄새 안 맡는다고 했잖아요!"

"방해돼. 비켜."

"아뇨, 절대로 안 비킬 거예요! 제 마음을 들을 때까지 계속 유키나 선배 옆에 있을 거예요! 저 유키나 선배한테 전하고 싶은 게 있어요!"

"잠깐, 이런 곳에서 무슨 소릴 하는 거야……!"

유키나 선배의 얼굴이 새빨개졌다.

등교한 3학년들은 '오. 아침부터 고백인가?', '킥킥. 2학년인가? 귀엽네', '힘내라~, 후배'이라며 나를 놀렸다.

큰일이다……. 뭔가 '지금부터 고백합니다!' 이런 분위기를 만들어버렸다……!

이후의 전개가 상상된다. 유키나 선배는 부끄러움을 숨기려고 나를 날려버리고 이 자리를 뜰 것이다.

……그런 생각을 하는 사이에 오늘 아침과 똑같은 기술로 넘어졌다.

"더 이상 날 따라다니지 마."

유키나 선배는 실내화로 갈아 신고 달아나 버렸다.

아야야. 방금 건 내가 잘못했지……. 아니, 잠깐만?

"유키나 선배랑 자연스럽게 이야기했잖아……!"

평소처럼 독설 세례를 받으면서 유키나 선배를 부끄러워하게 하고, 선배는 부끄러움을 감추느라고 메친다……. 응. 평소와 다름없는 대화다.

오늘 아침보다는 한 걸음 전진한 느낌이 든다.

이대로 팍팍 가자. 유키나 선배에게 용서받을 때까지 계속 마음을 전하는 것이다.

하지만 내 희망은 바로 부서졌다.

1교시 전. 3학년 교실에서.

"유키나 선배! 오늘 아침에 하던 얘기 말인데요── 으걱!"

케이타 선수, 발뒤축후리기로 한판을 내주다.

2교시 전. 3학년 복도에서.

"유키나 선배! 저 밤새 계속 반성하고── 아야아아아!"

케이타 선수, 타이킥으로 엉덩이가 쪼개지다.

3교시 전. 화단의 벤치에서.

"유키나 선…… 잠깐, 아직 아무 말도 안 했어요! 눈을 마주치기만 했는데 프로레슬링 기술을 거는 건 그만── 까아아아아! 항복, 항복! 심판 있으면 말려줘어어어!"

케이타 선수, 로메로 스페셜로 즉사.

유키나 선배는 짜증이 나기 시작했는지 내가 시야에 들어오기만 해도 기술을 걸어오게 되었다. 이제는 터미네이터가 되었다.

이래서는 사과는커녕 대화조차 제대로 할 수 없다.

평소처럼 부끄러움을 숨기는 행동이 아니라는 건 명백했다.

예전에 유키나 선배가 이렇게까지 나에게 마음을 닫았던 적이 있었던가.

……어쩌면, 정말로 미움을 산 걸지도 모르겠다.

그렇게 생각했더니 말을 거는 게 갑자기 무서워졌다.

점심시간은 유키나 선배와 이야기할 절호의 기회였지만 나는 교실에서 지냈다. 이유는 단순하다. 거절당하는 게 무섭기 때문이다.

말을 하면 전해질 줄 알았다. 반성의 의지. 좋아한다는 마음. 그런 생각들을 말에 담아 부딪치면 유키나 선배와 화해할 수 있을 거라고 믿고 있었다.

하지만 그렇지 않았다.

공동주택의 벽과 비슷하다. 분명 일방통행하는 말로는 아무것도 진전되지 않을 것이다. 우리는 서로의 마음을 모을 필요가 있다.

하지만…… 상대에게 거절당하면 그 꿈 또한 이루어지지 않는다.

어떻게 하면 유키나 선배는 나에게 마음을 열어줄까.

모르는 채로 시간만이 흘러갔다.

오후 수업은 유키나 선배에 대한 생각으로 머리가 복잡했다.

◆

"……케이타 선배?"

내 자리에서 멍하니 있으니 쥬리가 걱정스럽게 내 얼굴

을 들여다봤다. 그녀 옆에는 아스카도 있었다.

……어라?

왜 1학년인 쥬리가 내 교실에 있는 거지?

"케이타. 이제 방과 후인데? 언제까지 그러고 있을 거야."

아스카는 내 의문에 대답하듯이 말했다.

"아아, 그런가. 쥬리가 있는 건 방과 후가 되어서인가. 근데 언제 수업이 끝났었지……?"

"아스카 선배. 케이타 선배, 넋이 나가지 않았습까?"

"맞아. 아침엔 기운이 있었는데. 점심쯤부터 죽어 있어."

"그렇습까……. 아까운 사람을 잃었습다."

""합장.""

두 사람은 동시에 그렇게 말하고 나를 향해 합장했다. 어이, 기다려. 멋대로 죽이지 마.

딴지를 걸기 전에 아스카가 이상하다는 듯이 고개를 갸웃했다.

"케이타가 이렇게 기운이 없다는 건…… 보아하니 유키나 씨랑 싸웠구나?"

아스카의 날카로운 질문에 온몸이 경직되었다.

"케이타. 혹시 정곡?"

"무, 무슨 말일까~? 나랑 유키나 선배가 싸울 리가 없잖아. 우리는 사이좋다고? 아하하하…… 하하…….."

"아…… 이거 한 판 했구나. 어차피 '케이타, 좀 더 나만

봐줘!', '유키나 선배의 고집에 휘둘리는 내 입장도 생각하라고!'라면서, 그런 느낌으로 싸웠지?"

아스카는 한숨 섞인 목소리로 그렇게 말했다. 마치 어제 있었던 일을 보고 있었던 것처럼 말했다.

"대체 어떻게 아는 건데⋯⋯."

"둘 다 알기 쉬운걸. 내 추리, 맞지?"

"그건⋯⋯ 맞지만."

"역시. 유키나 씨랑은 심각한 느낌?"

"응. 제대로 이야기도 할 수 없어서⋯⋯."

"그런가⋯⋯. 괜찮으면 이야기 들어줄게."

"어? 아, 아냐⋯⋯ 괜찮아."

하마터면 '그래도 돼?'라고 말할 뻔했지만, 황급히 입을 닫았다.

아스카도 쥬리도 나에게 호의를 보이고 있다. 그런 두 사람에게 연애 상담을 하다니, 분위기 파악을 못하는 것에도 정도가 있다.

"케이타. 혹시 우리를 배려하는 거야?"

"그야⋯⋯ 두 사람한테 연애 상담을 받을 수는 없어. 친구에게 상처를 주고 싶지는 않아."

"하아⋯⋯ 그런 점 아냐?"

"뭐가?"

"유키나 선배가 케이타한테 화내고 있는 점."

"아……."

아스카의 말대로다. 난 또 모두를 평등하게 대하려 하고 있다.

모두에게 상냥한 것은 나쁜 것이 아니다.

하지만 좋아한다는 마음은 동료에게 품는 감정과는 다르다. 가장 소중히 여겨야 하는 사람은 유키나 선배다. 그 점을 틀려서는 안 된다.

"아스카…… 진짜 상담해도 돼?"

"물론이지."

아스카는 가슴을 펴고 말했다.

"난 케이타가 좋아. 하지만 케이타의 행복을 빼앗으면서 까지 나의 '좋아하는 마음'을 관철할 생각은 없어. 그러니까 사양하지 말고 상담해."

"나랑 유키나 선배가 이어지면 싫지 않아?"

"싫지만, 그 부분은 괜찮아. 사랑이 맺어지지 않도록 기도하고 있으니까."

"갑자기 배신당했다?!"

왜냐고. 지금 상담해주겠다고 말했잖아.

의심에 휩싸여 있으니 쥬리가 내 어깨를 톡 쳤다.

"케이타 선배! 저도 상담해주겠습다!"

"쥬리……?"

"저, 선전포고 했잖습까. 케이타 선배가 고백하지 않으면 전 사랑을 계속할 수도 포기할 수도 없습다…… 그러니 자신의 사랑에 제대로 결착을 지었으면 함다."

"쥬리, 너……."

"그리고 차였으면 좋겠습다! 케이타 선배의 사랑은 빨리 끝나란 말임다!"

"너도 속마음은 좀 숨기자?!"

쥬리까지 내 실연을 바라고 있냐고. 이 둘이 적인지 아군인지 확실하지 않은데요.

그럼 둘 다 나를 놀리고 있을 뿐인 게 아닐까?

내 의문을 날려버리듯이 두 사람은 웃었다.

"나하하~. 딴지의 예리함이 돌아왔습다. 이제야 기운이 좀 나기 시작했네요, 케이타 선배."

"그렇네. 나 엄청 걱정했다고."

쥬리와 아스카는 '다행이다, 다행이야' 하고 안심한 얼굴로 서로 고개를 끄덕였다.

설마…… 지금 한 농담은 낙담한 내가 기운을 차릴 수 있도록 일부러?

그렇게 걱정 안 해도 돼. 둘 다 평소처럼 있어, 부탁이니까. 상담에 응해주는 것만으로도 충분한데 왜 그렇게 착한 거야. 둘 다 그런 성격 아니잖아.

두 사람의 진심이 너무 따뜻해서 눈시울이 뜨거워졌다.

뭐냐고.

눈물 나니까, 그만하라고……!

"아, 케이타 울고 있어!"

"시, 시끄러! 아스카 바~보, 바~보!"

"나하핫! 케이타 선배가 우는 얼굴 못생겼습니다!"

"누가 못생겼냐! 쥬리도 어제 울었으면서!"

뭐냐고, 진짜. 너희들 최고잖아.

나에게 웃음을 나눠줘서 고마워.

둘에게 배웠어.

특별한 사람에게 상냥하게 대한다는 건 이런 거구나.

"아스카, 쥬리. 엄청 멋없다는 걸 알고도 이야기할게…….
상담해줬으면 좋겠어. 유키나 선배랑 화해하고 싶어."

솔직하게 속마음을 전하니 신기하게 불안감이 누그러
졌다.

"오케이. 나한테 맡겨둬, 케이타."

"나하핫. 어쩔 수 없네요. 나약한 선배가 있으니 고생이
네요."

두 사람은 활짝 웃으면서 흔쾌히 받아들였다.

◆

"──이런 일이 있었어."

난 어제 일어난 일을 두 사람에게 설명했다.

그래도 아스카 앞에서 쥬리와 키스하고 있는 모습을 선배가 봤다고는 말할 수 없어서 '쥬리와 단둘이서 재밌게 놀고 있는 모습을 선배가 봤다'라고 일부 뉘앙스를 바꿔서 전달했다.

설명하는 도중에 쥬리는 '저 때문에 죄송함다……'라며 낙담했지만, 난 그녀의 말을 부정했다.

잘못한 건 누구에게나 잘 대해주고 좋아하는 사람을 특별하게 대해주지 못한 나다. 쥬리가 책임을 느낄 필요는 조금도 없다.

"그렇구나. 꽤 크게 싸웠구나."

아스카는 곤란한 듯이 웃었다.

"응. 하지만 어제는 내가 잘못했고, 왜 잘못했는지도 이해했어. 그러니까 이번에야말로 제대로 사과할 수 있을 거야."

"그런가. 힘내……. 어라? 그 고민, 이미 스스로 해결한 거 아냐? 결국 케이타는 뭘 상담하고 싶었던 거야?"

"문제가 좀 있는데, 유키나 선배가 대화를 전혀 안 해줘."

오늘 유키나 선배는 직접 만나도 제대로 이야기해주지 않았다. SNS에 메시지를 보내봤지만, 선배는 읽고 무시했다. 그렇게까지 노골적으로 거절당하면 아무리 나라도 침울해진다. 이번만큼은 화해할 자신이 없다.

"음~…… 그럼 강경수단을 쓰는 수밖에 없겠네요."

지금까지 조용히 이야기를 듣고 있던 쥬리가 대화에 끼어들었다. 왠지 모르게 안 좋은 예감이 드는 건 기분 탓이라고 믿고 싶다.

"또 뒤숭숭한 말이……. 뭐 어쩌려고?"

"그건 바로! 유키나 선배의 방에 숨어드는 검다!"

"무슨 말도 안 되는 짓이냐."

"방 안에서 딱 마주치면 도망칠 곳은 없으니까요. 그야말로 화장실 칸에서 '칠흑의 B'와 만났을 때의 심경인 검다."

"무슨 바퀴벌레 같은 짓이냐."

"방에 단둘이 있게 된다면 유키나 선배에게 이렇게 말해요……. '네 뜨거운 사랑의 시선을 받으면 몸도 마음도 불타올라버려'라고!"

"무슨 화형이냐."

"케이타 선배. 사람이 상담해주고 있는데 꼬박꼬박 태클 걸며 놀다니 팔자 좋네요."

"내 탓이야?!"

얌전하게 운을 뗐는데 그건 아니라고 생각한다.

"잘 생각해, 쥬리. 혼자 사는 여자의 방에 숨어든다는 발상이 글렀잖아. 범죄라고."

"그 얼굴로 이제 와서 무슨 소리를 하는 검까. 초범 아니죠?"

"전과 없다고! 그리고 얼굴이 무슨 상관이야?!"

마치 내 얼굴 자체가 불법 주거침입인 것처럼 말하는데.

"애초에 유키나 선배도 케이타 선배의 방에 멋대로 들어가잖습까. 비상사태일 때쯤은 방에 들어가도 괜찮다."

"아니 그래도 여자의 방이기도 하니까…… 애초에 어떻게 안에 들어가면 되는 거야? 난 유키나 선배네 집의 여벌열쇠 같은 건 없다고."

"그게 문제란 말이죠. 음~…… 어렵습다."

둘이서 고민하고 있으니 아스카가 '앗' 하고 소리를 내며손을 딱 쳤다.

"있잖아. 베란다로 침입하는 건 어때?"

"베란다……?"

그렇군. 그거 괜찮을지도 모르겠다.

나와 유키나 선배의 방은 이웃해있다. 우리 집 베란다를뛰어넘어 옆집 베란다로 이동하는 것은 어렵지 않다.

"아니, 잠깐만. 역시 윤리적으로 잘못된 것 같은데……."

"케이타. 그런 소리 할 상황이야? 이대로 유키나 선배랑소원해져도 좋아?"

아스카의 말이 가슴에 푹 꽂혔다.

이대로 유키나 선배와 만나지 못하게 되는 건 싫다.

제대로 사과하고 싶다. 용서를 받는다면 좋아한다는 마음을 전하고 싶다.

아스카의 말대로다. 윤리적으로 이렇다 저렇다 할 상황이 아니다. 설령 유키나 선배에게 경멸당한다고 해도 이대로 소원해지는 것보다는 낫다.

난 힘차게 자리에서 일어나 주먹을 천장을 향해 들었다.

"좋았어! 난 오늘 베란다로 유키나 선배의 방에 불법침입 한다!"

하는 말은 최악이었다. 변태도 이런 변태가 없다.

하지만.

이런 바보를 밀어주는 사람들도 있다.

"케이타…… 힘내!"

"케이타 선배. 멋진 모습 보여주십쇼."

두 사람은 웃는 얼굴로 내 등을 퍽퍽 때렸다.

사실은 연적을 응원 하고 싶지 않을 텐데……. 정말 좋은 녀석들이다. 그녀들의 상냥함에 기대고 있는 자신이 한심하다.

그러니 적어도 결과를 낼 것이다.

유키나 선배를 만나서 직접 마음을 전하는 거다.

【비 온 뒤에 사랑 굳는다】

집으로 돌아온 나는 교복을 입은 채로 베란다로 나왔다.

해는 서쪽으로 져서 거리는 어둑어둑해지기 시작했다. 불어오는 바람은 굉장히 차갑다. 얼굴과 손에 찌르는 듯한 아픔이 느껴졌다. 계절은 이제 완전히 겨울이다.

"추워라⋯⋯!"

떨면서 옆집의 베란다를 봤다.

생각한 대로 유키나 선배네 집의 베란다와의 거리는 가까웠다. 그도 그럴 것이다. 이 공동주택의 벽은 매우 얇다. 즉, 그만큼 옆집과의 사이에 여분의 공간이 존재하지 않는다는 것이다. 베란다끼리 가까운 것도 당연한 일이다.

"이 정도면 어려움 없이 넘을 수 있을 것 같네⋯⋯ 웃차."

베란다의 울타리에 발을 걸치고 올라가 신중하게 몸을 앞으로 내밀었다.

유키나 선배네 집의 베란다에 손을 뻗었다. 난간을 잡고 그대로 휙 하고 넘어갔다.

무사히 착지하고 교복에 묻은 때를 손으로 털었다.

여기까지는 계획대로. 드디어 유키나 선배와 만날 때가 왔다.

여기까지 왔으면 고민할 필요는 없다. 부딪치고 깨지는 거다.

베란다에서 방 창문을 살짝 들여다봤다.

유키나 선배는 교복 차림이었다. 침대에 앉아 문고본을 읽고 있었다.

노크하면 도망칠지도 모른다.

그러니—— 기습적으로 창문으로 침입한다!

"유키나 선배!"

난 기세 좋게 창문을 열었…… 어라?

이상하다. 이 창문, 꼼짝도 안 하는데요.

이번에는 한껏 힘을 줘봤다. 안 된다, 역시 안 열린다.

혹시…… 창문이 잠겨있나?!

다시 힘을 줬다. 하지만 몇 번을 해도 창문이 열리는 일은 없었다.

큰일 났다. 잠금장치의 존재를 완전히 잊고 있었다. 작전회의 단계에서 알아차리라고, 나.

"큭. 작전 실패인가……?"

어떻게 할지 고민하고 있으니 문득 방 안에서 기척이 느껴졌다.

시선을 손에서 정면으로 옮겼다.

창문 옆에 유키나 선배가 서 있었다.

"유키나 선배! 여기 열어주세요!"

바깥의 소리가 방 안에 들리는지는 의심스럽다. 난 제스처로 문을 열도록 부탁해봤다.

나와 눈이 맞은 유키나 선배는 가볍게 미소 지었다.

기뻤다. 제스처가 통한 게 아니라 나와 눈을 맞추고 웃어준 것이, 굉장히.

웃었다는 건, 유키나 선배도 사실 화해하고 싶었던 거죠?

정말. 유키나 선배도 참, 정말 심술쟁이라니깐――.

샥!

창문 너머로 들린 것은 힘차게 커튼을 치는 소리. 내 시야는 한순간에 커튼의 색인 핑크색으로 물들었다.

"……어?"

잠깐만.

화해는커녕 거절당했는데……?

"유, 유키나 선배!"

창문을 노크했다. 하지만 반응은 돌아오지 않았다. 창문을 두드리는 소리가 겨울 하늘에 공허하게 퍼질 뿐이었다.

추위로 얼어붙는 손의 아픔보다 가슴을 치는 아픔이 더 괴로웠다.

난 방으로 침입하는 것을 포기하고 그 자리에 주저앉았다. 콘크리트 바닥은 무식하게 차가워서 앉자마자 비참한 기분이 들었다.

……진짜 밉보였다.

이젠 원래 관계로는 돌아갈 수 없는 걸까.

적어도 사과하고 이별을……. 아니, 그건 싫다. 사과하고 화해하고 싶다. 그 외의 결말 따위는 바라지 않는다.

"유키나 선배…… 이대로 헤어지고 싶지 않아요오……!"

무릎에 얼굴을 파묻고 나약한 말을 했다.

울지 마라. 진짜 한심한 놈. 쥬리와 아스카랑 약속했잖아. 유키나 선배에게 사과할 거잖아, 일어서라. 동료를 도울 때는 전력으로 힘낼 수 있는데, 자기 일을 할 때는 겨우 이정도냐. 빨리 일어서라. 빨리.

자신을 고무해도 뭔가를 할 마음은 들지 않았다.

유키나 선배에게 미움을 샀다.

그 사실만으로 마음에 깊은 상처를 입었다.

적어도 그 상처에 딱지가 앉도록 나는 조용히 울었다.

◆

어느 정도의 시간 동안 베란다에서 그렇게 있었을까.

눈물이 말랐을 즈음, 난 고개를 들었다.

바깥은 밤의 풍경으로 변해 있었다. 주택가에서 새어 나오는 빛이 거리를 연하게 색칠하고 있었다. 멀리서는 불이 켜진 빌딩이 무리를 지어 밤하늘을 향해 서로의 키를 재고 있었다. 거리의 빛을 보고 있으니 왠지 마음의 고통이 사라지는 듯했다.

아무래도 교복은 춥지. 이대로 아침을 맞으면 얼어붙을

것만 같다.

난 언제까지 여기에 있는 걸까.

만날 수 없는데.

사과하는 것도, 좋아한다고 마음을 전하는 것도 할 수 없는데.

아침을 맞으면 유키나 선배는 내가 있다는 걸 알아줄까. 그런 바보 같은 생각마저 떠올랐다.

천천히 일어나 창문을 봤다. 거기에는 울다 지친 패배자의 얼굴이 비치고 있었다. 그 얼굴이 웃겨서 아주 약간 입이 느슨해졌다.

"유키나 선배. 저, 포기 안 할 거예요——."

샥!

갑자기 커튼이 열리는 소리가 들렸다.

이어서 창문이 열리니, 거기에는 유키나 선배가 있었다. 꽃무늬 잠옷 위에 두꺼운 윗옷을 입고 있었다. 볼은 상기되어 있었다. 아마 목욕을 끝내고 나온 것이리라.

"아…… 유키나 선배."

"엇, 케이타?!"

유키나 선배와 눈이 맞았다. 그 눈빛은 날카로웠고, 험악한 표정을 짓고 있었다.

"너…… 설마 계속 베란다에 있었어?"

"네. 유키나 선배를 만나고 싶어서……."

"……아냐?"

"네?"

"바보 아냐?!"

유키나 선배의 호통이 베란다에 울렸다.

"유, 유키나 선배? 그렇게 화내지 않아도……."

"화내지! 이렇게 추운 날에 계속 베란다에 있다니! 지금 몇 시인 줄 알아?! 밤 10시야, 10시!"

"아, 벌써 시간이 그렇게 됐네요."

"뭐가 '벌써 시간이 그렇게 됐네요'야, 이 바보야! 진짜 믿을 수가 없네! 감기라도 걸리면 큰일이잖아?!"

"유키나 선배…… 절, 걱정해주는 건가요?"

"그야 당연하지! 자, 빨리 방에 들어와! 아아, 정말 진짜 열 받아! 케이타 바보! 야외 진성 M! 닉네임 '한겨울 방치 플레이 애호가'!"

유키나 선배는 엄청 무서운 얼굴로 날 매도했다. 사쿠라코랑 싸웠을 때는 조용히 화냈지만, 지금은 감정을 폭발시키듯이 화내고 있다.

하지만 전혀 무섭지 않았다.

왜냐하면 하는 말이 상냥하기 때문이다.

미움을 산 줄 알았는데…… 내 지레짐작이었을지도 모르겠다.

"유키나 선배. 고맙습니다."

"얘기는 나중에 해! 빨리 방에서 몸 녹여!"

"저기, 전…… 아야!"

유키나 선배에게 차였다. 그만해. 얼어붙은 몸에 타격은 효과가 좋으니까.

유키나 선배는 뚱한 얼굴로 불쑥 한마디 했다.

"이야기는 내 방에서 들어줄 테니까…… 빨리 해."

"괜찮아요?"

"……넌 내 '하인'이잖아. '주인'의 말은 들어야지."

유키나 선배는 부끄러움을 얼버무리듯이 눈을 반쯤 뜨고 날 째려봤다.

다행이다. 난 유키나 선배 곁에 있어도 되는구나.

"자. 목욕이라도 하면 좋을 거야."

유키나 선배는 나에게 손을 내밀었다.

그 손을 잡았다. 유키나 선배의 손은 정말 따뜻했다.

"……네!"

나는 유키나 선배의 손에 이끌려 방에 들어갔다.

◆

유키나 선배네 욕실은 내 방과 완전히 똑같았다. 같은 공동주택이니 당연하다면 당연한가.

처음에는 내 방에서 목욕하면 되니 괜찮다고 거절했다.

여자의 집에서 욕실을 빌려서 쓰는 것은 뭔가 바람직하지 않은 기분이 들었기 때문이다.

하지만 유키나 선배는 내 제안을 즉각 기각. '목욕물이 데워지는 걸 기다리는 시간이 아까워! 우리 집 욕실에 들어가!'라며 나를 억지로 탈의실에 밀어 넣었다.

게다가 유키나 선배는 내 방에 가서 갈아입을 옷과 수건을 가져다준다고 했다. 항상 집안일을 거들어줘서 내 옷이 어디에 있는지 아는 것이다.

욕조에 어깨까지 몸을 담그니 차가워진 몸에 기분 좋은 짜릿함이 퍼졌다. 내가 평소에 쓰는 목욕물보다 온도가 살짝 더 뜨거웠다.

"하아~……."

안도의 한숨이 욕실에 울렸다. 마음이 가벼워져서일까. 유키나 선배의 방에 들어온 뒤부터는 묘한 안심감이 있었다.

……유키나 선배, 참 다정해. 날 위해 진심으로 화내주고 욕실이나 갈아입을 옷도 준비해주는걸.

"돌아오면 목욕 준비가 되어 있으니 왠지 부부 같아……."

욕조에 잠겨 행복을 음미하고 있으니 탈의실에서 유키나 선배의 목소리가 들렸다.

『케이타.』

"네~."

『갈아입을 옷이랑 수건, 여기에 둘게.』

"고맙습니다. 하나부터 열까지 정말 폐만 끼치고……."

『신경 쓰지 마. 폐라고 생각하지는 않으니까. 그리고……
베란다에 널 방치한 건 내 책임이기도 해. 이 정도는 하게
해줘.』

"유키나 선배……."

『몸 잘 녹여. 그럼.』

그런 말을 남기고 유키나 선배는 떠나갔다.

'갈아입을 옷이랑 수건, 여기에 둘게'래…… 완전 아내가
하는 대사잖아. 유키나 선배, 부인이 되어도 분명 귀엽겠지.

……이런, 아까부터 너무 들떴다고.

오늘의 목적은 유키나 선배에게 사과하는 것. 까불고 떠
드는 건 마음을 제대로 전달한 다음에 해야 한다.

"좋아…… 정신 바짝 차리고 가자."

난 탕에서 나와 수건으로 몸을 닦았다. 준비해준 잠옷을
입고 머리카락을 말린 뒤에 탈의실을 나왔다.

방으로 돌아가니 유키나 선배와 눈이 맞았다. 방의 난방
이 켜져 있어서일까. 유키나 선배는 아까 전까지 입고 있
던 겉옷을 벗고 있었다.

"아, 케이타. 마침 잘됐네. 지금 코코아를 탔어. 어서
마셔."

테이블 위에 머그컵이 두 개 있었다. 하나는 꽃무늬, 또
하나는 눈사람이 그려진 머그컵이었다.

"저, 요즘 코코아에 빠져있어요. 역시 유키나 선배. 저에 대해서 뭐든지 알고 있네요."

"그, 그렇지 않아. 우쭐거리지 마."

유키나 선배는 고개를 휙 돌리면서 테이블 옆에 앉았다. 나는 그녀의 맞은편에 앉았다.

코코아의 달콤한 향에 이끌려 눈사람 머그컵을 집었다. 한 입 후루룩 마셔봤다. 맛있기만 할뿐만 아니라 뭔가 마음이 놓이는 맛이다.

실내는 정적에 휩싸여 있지만, 신기하게도 어색한 분위기는 없었다.

서로 부끄러운 걸 숨기지 않는다.

어젯밤부터 계속 불안했는데 지금은 더 이상 서로 속마음을 털어놓는 건 무섭지 않았다.

"할 얘기가 있어요."

난 말을 꺼냈다.

"유키나 선배. 어제는 불안하게 해서 죄송합니다."

난 누구에게나 상냥했다. 그 행동 자체는 잘못된 것이 아니다.

하지만 그 '누구에게나'에 유키나 선배를 포함해서는 안 된다.

유키나 선배는 나의 특별한 사람. 상냥함을 넘어서는, 애정으로 대해야만 한다.

"제가 가장 소중히 여기고 있는 사람은 유키나 선배예요. 당신이 웃는 얼굴을 보고 싶어요. 제 옆에 있었으면 좋겠어요. 더 다양한 표정을 보여주면 좋겠어요. 전 유키나 선배에게 다른 사람에게 품은 감정과는 다른 특별한 감정을 품고 있어요."

나는 유키나 선배의 빨개진 얼굴을 바라보며 말했다.

"앞으로는 유키나 선배를 제일 소중히 하기로 맹세합니다. 진심도 애정도, 전부 당신에게 바치겠습니다."

솔직해지지 못할 때는 벽에 기대도 좋다. 심술쟁이인 당신과 겁쟁이인 나. 벽 너머라면 솔직하게 좋아한다고 말할 수 있는 때도 있을 것이다.

하지만 벽을 없앰으로써 처음으로 전해지는 것이 있다.

정말로 소중한 마음은 상대와 맞부딪치지 않으면 전해지지 않는다……. 그런 당연한 것을 유키나 선배에게 배웠다.

앞으로도 우리는 싸울 때가 있을 것이다.

하지만 우리는 그만큼 조금 성장할 수 있을 것이다.

"유키나 선배. 화해해주지 않을래요?"

나는 그때서야 웃을 수 있었다.

잠시 후, 유키나 선배는 고개를 끄덕였다.

"케이타…… 아니야. 나쁜 건 나야. 착한 널 독차지 하려고…… 고집부려서 미안해."

"아뇨아뇨! 유키나 선배는 전혀 나쁘지 않다니깐요! 잘못한 건 저예요!"

"아니, 그렇지 않아. 난 항상 케이타를 곤란하게 해서⋯⋯. 내가 잘못했어. 케이타의 상냥함에 기대고 있던 거야."

"그렇지 않아요! 잘못한 건 저라니까요!"

"아니, 그렇지 않아! 잘못한 건 나야!"

"제가 잘못했어요!"

"나야!"

나와 유키나 선배는 서로 한 발짝도 물러서지 않았다.

잠시 서로를 쩨려보고, 우리는 동시에 '풉' 하고 웃음을 터뜨렸다.

"아하핫. 유키나 선배는 역시 고집이 세네요."

"후훗. 케이타도⋯⋯. 좋아. 이번 일은 둘 다 나빴던 걸로 하고 화해하자?"

유키나 선배는 부끄러운 듯이 그렇게 말하고 '이 이야기는 끝!'이라며 이야기를 끝내려고 했다.

"유키나 선배. 이야기는 아직 안 끝났어요."

화해만 해서는 안 된다.

유키나 선배는 벽을 의지하지 않고 '좋아한다'라고 말해 줬다.

나도 그 말에 보답해야만 한다.

"케이타. 사과는 이제 됐어. 없었던 일로 하자?"

"아뇨. 그게 아니라……. 어제 한 고백에 대한 대답, 아직 안 했어요."

유키나 선배는 내 생각을 헤아렸는지 얼굴을 새빨갛게 물들이고 시선을 돌렸다.

"무, 무슨 얘기일까?"

"유키나 선배, 저에게 좋아한다고 말해줬잖아요. 그 말, 엄청 기뻤어요. 그러니까…… 저도 유키나 선배에게 똑같은 말을 해주고 싶어요."

아무쪼록 당신이 나와 마찬가지로 기뻐하기를.

유키나 선배는 귀까지 새빨개져서 '……마음대로 해'라며 작게 말을 흘렸다. 정말 심술쟁이구나, 이 사람은.

"유키나 선배."

사랑스러운 사람의 이름을 부르고 똑바로 고쳐 앉아 조용히 숨을 들이쉬었다.

그리고 쭉 전하고 싶었던 마음을 말로 표현했다.

"저, 유키나 선배가 좋아요. 사귀어주세요."

긴장감은 없었다. 지극히 당연하다는 듯이 좋아한다고 말했다.

유키나 선배는 울 것 같은 얼굴로 나를 바라보고 있었다.

그녀의 입술이 맥없이 떨렸다.

"이렇게 성격이 안 좋은 저라도 괜찮다면…… 사귀어, 주세요……."

유키나 선배는 부끄러운 듯이 고개를 숙이고 그렇게 말했다.

……그러는가 싶었더니 힘차게 얼굴을 드는 유키나 선배. 테이블 앞으로 몸을 내밀고 내 얼굴에 자신의 얼굴을 가까이 훅 댔다.

"케이타!"

"우와! 까, 깜짝이야…… 갑자기 뭐예요?"

"지, 진짜로 나 같은 거랑 사귀고 싶어?!"

"사귀고 싶어요. 좋아하는걸요."

"하지만 난, 심술쟁이에 귀엽지도 않고…….'"

"귀여워요, 엄청. 심술쟁이인 점이 특히."

"아으으…… 그, 그리고 난 한없이 진성 S고…….'"

"저도 한없이 진성 M이니까 괜찮아요. 오히려 궁합이 딱 맞잖아요."

"저…… 정말로 내가 좋아?"

"네. 엄청 좋아요."

유키나 선배는 원래 위치로 돌아가 꼼지락거리면서 시선만 위로 올려 나를 봤다.

"……더 말해줘."

"네?"

"조, 좀 더 좋다고 말해줬으면…… 좋을지도."

유키나 선배는 '여러 번 말하게 하지 마'라며 불평하고 볼을 빵빵하게 부풀렸다.

그 유키나 선배가 눈앞에서 엄청 부끄러워하고 있어…….

사귀자마자 응석을 잘 부리다니 너무 귀엽잖아.

"유키나 선배. 정말 좋아해요."

"~~~!"

유키나 선배는 양손으로 얼굴을 가리고 그 자리에서 다리를 뻗고 파닥거렸다. 아마 벽 너머에서 부끄러워할 때도 이런 느낌일 것이다.

잠시 몸부림친 뒤, 유키나 선배는 침대에 걸터앉았다.

"케이타."

"아, 네."

"이리로 와."

유키나 선배는 침대의 비어있는 공간을 왼손으로 팡팡 두드렸다.

어, 어이. 이번엔 침대로 불렀다고.

설마 싶지만……야릇한 전개는 아니겠지?!

"저기, 유키나 선배. 왜 침대에?"

"그, 그건…… 어, 어리광부리고 싶으니까! 말하게 만들지 마, 바보!"

유키나 선배는 눈을 질끈 감고 토끼 인형을 던졌다.

너무 귀여운 리액션은 안 하는 편이 좋다……. 잘못하면 (내가) 심쿵사 한다고?

"하지만 유키나 선배. 침대는 아직 마음의 준비가……."

"여자 친구 명령이야! 여자 친구 명령은 절대적이야!"

유키나 선배는 두 개째의 인형을 나에게 던졌다. 이번에는 곰돌이 인형이다.

"아, 알겠습니다……. 실례합니다."

난 유키나 선배 옆에 앉았다.

침대로 불렀다는 건…… 그, 그런 거라고 봐도 되는 거지?

이 뒤에 난 어떻게 하면 좋을까. 손이라도 잡을까? 아니면 끌어안으면 되나? 설마 갑자기 넘어뜨리거나 하는 일은──.

"케이타…… 에잇."

유키나 선배는 내 팔에 안겨 왔다.

"저…… 유키나 선배?"

"에헤헤. 케이타의 여자 친구가 되면 팔에 안겨보고 싶었어. 꿈이 이루어졌어."

유키나 선배는 행복해 보이는 표정으로 말했다. 평소의 쿨한 유키나 선배는 어디로 사라졌는지. 오늘은 완전히 애교쟁이 유키나다. 아무튼 야릇한 전개를 맞이하지 않아 다행이다.

잠시 후, 유키나 선배는 나에게서 살며시 떨어졌다. 어째서인지 불만스러운 표정을 짓고 있었다.

"케이타. 오늘은 왠지 얌전하네."

"연인 사이가 되자마자 유키나 선배의 캐릭터가 바뀌어서 당황하고 있어요."

"……싫었어?"

"아, 아뇨. 기쁘지만 이렇게 애교를 부리는 유키나 선배를 보는 건 처음이라서……."

"치이. 나만 들떠서 바보 같잖아. 케이타도 어리광부려."

"에이~. 부끄러워요."

"여자 친구 명령이야! 케이타한테 거부권은 없어!"

"아, 알겠어요……. 이러면 돼요?"

난 유키나 선배의 어깨에 머리를 기댔다. 밀착한 유키나 선배의 체온이 직접 전해져 와서 두근두근했다.

어떡하지. 엄청 부끄러워. 유키나 선배, 용케 태연히도 있네…….

나 혼자만 부끄러워하고 있으니 유키나 선배는 나에게서 살짝 떨어져 탄식했다.

"하아…… 케이타. 남자 친구 포인트 0이야."

"애교 부리는 거에 점수 같은 게 있어?!"

"당연하잖아? 현재 마이너스 100점이야."

왜 마이너스부터 시작인 걸까. 이해가 안 된다.

"정말…… 어쩔 수 없네. 이리 와."

손바닥을 위로 향하고 양팔을 벌리는 유키나 선배. 마치 나를 맞아들이는 듯한 제스처다.

설마, 이 포즈는……!

"케이타. 안아줘."

유키나 선배는 눈을 감고 '응' 하고 귀여운 소리를 냈다.

벽 너머는 아니지만…… 살짝 소리쳐도 되나?

"유키나 선배 완전 귀엽잖아아아아아아아!"

"꺄악! 뭐, 뭐야? 갑자기 큰 소리 내지 말아줄래?"

"이 상황에 소리 지르지 않을 수가 있나요! 아까부터 대체 뭐냐고, 귀엽구만!"

"귀, 귀여워? 내가?"

"당신 외에는 없잖아! '에잇'이라고 하면서 팔에 안기고 안아달라고 조르고! 너무 귀여워! 여자 친구 포인트 2억점 이야!"

"자, 잠깐만. 갑자기 칭찬하지 마. 부끄러워……."

"개인적으로 '여자 친구 명령이야!'라고 말하는 게 제일 점수 높아! 그런 말을 들으면 무슨 부탁이든 들어주게 되잖아! 왜냐고? 귀엽기 때문이라고! 몇 번을 말하게 하는 거야, 유키나 선배!"

"네가 멋대로 말하고 있을 뿐이잖아! 이제 알았다고! 귀엽다고 말하는 거 금지!"

"자, 나왔다! '귀엽다고 말하는 거 금지!' 잘 들었습니다! 정말 말하는 방식이 귀여워! 꼭 안아주고 싶어져! 크으~! 내 여자 친구는 세상에서 제일 귀엽구나──."

"그만하라고 말하잖아, 이 전국 닭살 커플 남자 대표!"

"끄흑!"

유키나 선배의 수도치기가 내 배로 날아들었다. 사귀어도 부끄러움을 숨기려고 손이 나오는 건 변함없구나…….

"케이타한테 귀엽다는 말을 듣는 건 정말 기뻐. 하지만 무턱대고 마구 칭찬하는 건 금지. 약속이다?"

유키나 선배는 볼을 부풀리고 내 얼굴을 딱 가리켰다. 깜빡하고 또 귀엽다고 말할 뻔했지만, 어떻게든 말없이 고개만 끄덕였다.

"이제 안는 건 됐어…… 난, 이걸 해줬으면 좋겠어."

유키나 선배는 눈을 감고 입술을 오므렸다.

그 사랑스러운 몸짓이 무엇을 의미하는가. 나도 그걸 모를 정도로 둔하지는 않다.

"어? 설마 유키나 선배……!"

"응. 케이타…… 뽀뽀해줘."

예상대로 키스해달라는 부탁이었다.

"유키나 선배. 리퀘스트가 점점 과격해지는 것 같은 느낌이…….."

"괜찮잖아. 우린 사귀고 있잖아?"

"하지만 키스는 분위기 같은 것도 있으니까…….."

"뭐야. 나하고는 하기 싫어?"

유키나 선배는 한쪽 눈을 요령 좋게 뜨고 나를 타박했다.

굉장히 마음에 걸리는 말이었다. 마치 다른 여자애랑은 키스할 수 있는데 '나하고는' 싫냐는 뜻으로 들렸다.

"아······!"

그런가. '쥬리랑은 키스할 수 있는데 나하고는 못 해?'라는 뜻이었나.

뇌리에 공원에서 본 유키나 선배의 우는 얼굴이 플래시백 했다.

······불안하게 했지.

정말 미안해요, 유키나 선배.

과거는 없었던 것으로 할 수 없다. 하지만 그녀를 안심시킬 수는 있다.

"유키나 선배······ 해도, 되나요?"

난 얼굴을 유키나 선배에게 가까이 댔다.

유키나 선배의 떨리는 숨소리가 들렸다. 긴장이 전해지는 그 숨결을 지워버리듯이 내 심장이 쿵쾅쿵쾅 고동쳤다.

나는 유키나 선배의 작은 입술에 내 입술을 겹쳤다.

신기한 키스였다. 미지근한 물에 몸을 담그는 듯한 안심감이 느껴졌다. 서로 말로 좋아한다는 마음을 전하는 것과 약간 달랐다. 연인 간의 애정 표현으로밖에 전해지지 않는 마음이 있다는 것을 나는 지금 처음 알았다.

서로의 좋아하는 마음이 녹아드는 시간은 과연 몇 초 정도였을까. 한순간이었던 것 같기도 하고, 영원과도 비슷한 시간이었던 같기도 하다. 잘은 모르겠지만 행복한 시간이었다는 것만은 확실하다.

난 천천히 입술을 떼었다.

유키나 선배는 눈꺼풀을 들어 올렸다. 그녀의 풀린 눈은 평소보다 더 요염하게 보였다.

"케이타."

"네."

"한 번 더 하자?"

"……네?"

설마 했던 추가 주문이었다.

정말 어떻게 된 거야, 유키나 선배. 오늘 하루 만에 평생 부릴 애교를 다 부리는 것 같아서 무서워.

"유키나 선배…… 사귀자마자 욕심을 부리네요."

"따, 딱히 상관없잖아. 잘못한 거야?"

"잘못하진 않았지만…… 유키나 선배의 눈, 좀 야릇해요."

"시끄러워!"

"아야!"

잠깐! 부끄러운 걸 숨기려고 발 밟는 거 금지!

"아프네, 정말 금방 힘을 쓴다니깐……."

"몰라! 케이타가 분위기 파악을 안 해서 그런 거야!"

"내 탓인가……."

"그래…… 한 번만 하면 쥬리랑 똑같잖아. 내가 케이타

에게 있어서 제일이니까 두 번 이상 해야 해.”

유키나 선배는 뾰로통한 얼굴로 그렇게 말했다.

난 쥬리와 딱 한 번 키스했다.

즉, 키스 한 번으로는 쥬리와 똑같다. 키스를 더 많이 하지 않으면 자신이 제일 사랑받고 있다는 증명이 안 된다······ 그런 뜻인가?

어쩜 이렇게 귀여운 발상을 하는 걸까.

내 이성은 간단히 흔들렸다. 유키나 선배를 더 원하게 되어 세게 끌어안았다.

“앗······ 케, 케이타?”

“저, 두 번으로는 부족할지도 몰라요. 더 많이 키스하고 싶어요.”

“뭐?! 무무무, 무슨 소릴 하는 거야, 케이타는 변태야!”

“좋네요. 야한 키스도 해요.”

“바, 바보 같은 소리 하지 마! 너무 기어오르면——!”

난 유키나 선배의 건방진 입술을 내 입술로 메웠다.

눈에 눈물을 머금은 유키나 선배는 ‘이제 마음대로 해!’ 라고 말하는 듯이 나를 꼭 안았다.

유키나 선배가 너무 사랑스러워서 나도 세게 끌어안았다.

그대로 침대에 누워서 우리는 커플다운 시간을 보냈다.

◆

······살짝 소리쳐도 되나?

유키나 선배가 애교 부리는 거 장난 아니다아아아아!

유키나 선배가 애교 부리는 모습은 상상 이상이었다.

침대 위에서 유키나 선배는 나에게 몸을 밀착시키고 내 몸을 만졌다. 얼굴, 가슴, 손, 배······ 아무래도 하반신은 만지지 않았지만, 대신 내 다리에 자신의 다리를 얽고 놓지 않았다.

내 이성도 한계였다. 유키나 선배의 몸을 만지고 싶어져 손을 살짝 내밀었······지만, 거기선 신뢰와 실적의 타나카 케이타 퀄리티. 유키나 선배의 머리를 쓰다듬는 게 고작이었다. 겁쟁이라 죄송합니다.

하지만 유키나 선배는 굉장히 기쁜 듯한 표정을 짓고 있었다.

아마 지금은 이걸로 괜찮을 것이다. 연인 사이가 되어도 우리는 천천히 거리를 좁혀나가는 것이 더 잘 맞는다.

시각은 이미 밤 12시 가까이 되어 있었다.

아무리 그래도 사귄 첫날에 자고 갈 용기는 없다. 난 내 방으로 돌아가기로 했다.

현관으로 가니 내 샌들이 있었다. 역시 유키나 선배. 아까 갈아입을 옷을 가지러 가줬을 때 같이 가져왔을 것이다.

"유키나 선배, 실례했습니다. 오늘은 욕실까지 빌려서

죄송해요. 감사합니다."

현관에서 샌들을 신으면서 사과하니 유키나 선배는 '빚하나 생겼네'라며 대담하게 웃었다. 사귀어도 진성 S 유키나는 건재했다.

"케이타. 다음에 또 느긋하게 놀자."

"좋네요. 꼭 그래요. 첫 데이트가 기대…… 아."

이런. 중대한 걸 잊고 있었다.

아직 크리스마스 데이트에 부르지 않았잖아.

"유키나 선배. 그, 크리스마스 말인데요…… 데이트 안 할래요?"

"그래, 물론이지."

"저, 정말요?!"

"너무 심하게 놀라네. 사귀고 있으니까 당연하잖아?"

유키나 선배는 '케이타 이상해'라며 킥킥 웃었다.

얼떨결에 크리스마스 데이트 약속까지 해버렸다…….꿈만 같다. 오늘 난 모든 인류 중에서 연애운이 최고였던게 아닐까?

"데이트 플랜은 나한테 맡겨. 연상 여자 친구가 에스코트 해줄게."

유키나 선배는 자신 있다는 듯 팔을 들어 올렸다.

자신만만한 거 같은데, 왠지 모르게 불안하다. 유키나 선배는 계획 세우는 게 서투를 것 같아……. 하지만 본인이

하고 싶다고 하니 맡겨볼까.

설령 데이트 플랜이 엉망이라도 그건 그거대로 즐길 수 있다. 유키나 선배와 함께라면 어떤 데이트라도 추억이 될 테니까.

"알았어요. 그럼 맡길게요."

"맡겨둬. 그럼 안녕. 잘 자."

"잘 자요, 유키나 선배."

손을 흔들면서 유키나 선배의 방을 빠져나왔다.

공동주택의 복도를 걸어 내 방에 들어갔다.

목욕도 했고 잠옷도 입고 있다. 특별히 할 일은 없고, 시간도 시간이다. 오늘은 이만 자자.

난 방의 불을 끄고 침대에 들어갔다.

눈을 감고 생각했다.

유키나 선배와 크리스마스 데이트라……. 놀이공원은 유키나 선배가 격렬한 놀이기구를 못 타고, 노래방도 음치니까 안 된다. 영화관에 가면 금방 울고 메이드 카페는 거북할 테고……. 어이. 그 사람은 어디에 가면 놀 수 있는 거냐. 레스토랑밖에 못 가는 게 아닌가?

데이트 마무리는 집 데이트가 좋겠다. 우리는 역시 집에서 보내는 시간이 가장 행복하니까……. 서, 설마 자고 가거나 하는 건 아니겠지? 하지만 크리스마스니까……! 아니 아니! 유키나 선배만은 그런 대담한 데이트 플랜을 준비하지 않을 것……이라고 단언할 수 없다! 좋아하는 티를 내는 유키나는 얕볼 수 없다고!

틀렸다. 전혀 잘 수가 없다. 망상이 부푼 탓인지 잠이 완전히 달아나버렸다.

"……바깥 공기라도 쐬고 진정할까."

난 침대에서 일어나 코트를 걸치고 베란다로 나갔다. 엄청 춥지만, 겨울의 쌀쌀한 공기를 쐬는 건 기분 좋다.

밤거리를 보면서 멍하니 있으니,

『미안, 엄마. 전화 못 받아서. 방금까지 친구가 방에 와 있었어.』

옆 베란다에서 유키나 선배의 목소리가 들려왔다.

목소리가 들린 쪽으로 시선을 옮겼다. 유키나 선배는 잠옷 위에 항상 입는 겉옷을 입고 통화하고 있었다. 대화 내용으로 짐작건대 전화 상대는 집에 계신 어머님일 것이다.

『아, 아니야! 남자 친구 아니라고! 그, 그러니까 옆집 애랑은 그런 사이가 아니라니까!』

유키나 선배는 어째서인지 허둥거리고 있었다. 부끄러움을 숨기려고 그러는 건지 어머니에게는 나와 사귀고 있다는 건 비밀인 듯했다.

그보다 어머니도 나를 알고 있는 건가. 유키나 선배, 평소엔 어떤 느낌으로 어머니와 대화할까. '오늘 있지, 옆집에 사는 케이타가 있지!'라며 전화 너머로 아이처럼 이야기하는 유키나 선배를 상상해봤다…… 너무 귀엽다고. 제기랄!

이런. 또 망상을 해버렸다. 모처럼 진정되기 시작했는데 또 잠이 달아나버렸다.

나는 좋아하는 티를 내는 유키나를 보고 싶은 충동을 억누르고 방으로 돌아가려고 했다.

그때였다.

유키나 선배의 어조가 약간 강해진 것은.

『응. 걔한테 그 얘기는 제대로 할 테니까.』

대화의 흐름을 보면 '걔'는 나를 말하는 것일 것이다.

……'그 얘기'가 뭐지?

나는 궁금해져서 귀를 기울였다.

하지만 유키나 선배의 목소리가 갑자기 작아져 잘 들을 수 없었다.

『응…… 그래. 엄마가 여기에 왔을 때……. 그건…… 정하자……. 그때까지는 이야기할게.』

큭. 이야기 내용을 좀처럼 알 수가 없다.

어머니가 이 공동주택에 온다는 것. 그리고 나에게 할 중요한 이야기가 있다는 건 알았지만…….

"설마…… 어머니에게 남자 친구를 소개하는 건가?!"

아니아니. 아무리 그래도 그건 아니다. 아까 전화로 '옆집 애랑은 그런 사이 아니다'라고 말했다. 다시 말해서, 유

199

키나 선배는 나를 가족에게 소개할 생각은 없을 것이다.

그럼 나에게 하고 싶은 이야기라는 건 뭐지?

잘 모르겠지만 이 말만은 할 수 있다. 우린 이제 뭐든지 이야기할 수 있는 사이가 되었다. 숨기지 않고 제대로 이야기해줄 것이다.

"어쩌면 데이트 서프라이즈일지도."

그렇다면 더더욱 전화 내용을 물어볼 수 없다.

나는 방으로 돌아가 다시 침대에 누웠다.

【무조건 꽁냥거리게 되는 크리스마스 데이트】

"──그렇게 무사히 유키나 선배랑 사귀게 되었어. 둘 다 상담에 응해줘서 고마워."

방과 후 교실에서 나는 아스카와 쥬리에게 고백한 일에 대해 보고했다.

두 사람은 내 사랑을 응원해줬다. 결과가 어떻든 신세를 진 두 사람에겐 반드시 보고하기로 마음을 먹고 있었다.

다만 두 사람의 반응이 무섭기도 했다. 나와 유키나 선배가 사귀게 되어 두 사람은 마음이 복잡할 테니까.

과연 어쩌려나.

긴장하고 있으니 아스카는 '오오, 해냈네!' 하고 손뼉을 치며 떠들었다.

"난 있지, 케이타가 유키나 씨한테 차이는 일은 없을 줄 알았어. 하지만 케이타가 고백하지 못하는 걸 걱정하고 있었지. 그 왜, 넌 겁쟁이잖아?"

"날 얼마나 못 믿는 거야……."

확실히 난 겁쟁이지만.

항의하기 전에 쥬리가 이야기에 끼어들었다.

"케이타 선배, 축하함다."

"쥬리…… 고마워."

"유키나 선배랑 오래오래 행복하세요. 아, 그래도 둘이 조금이라도 사이가 안 좋아지면 케이타 선배가 저에게 푹 빠지게 할 걸다?"

쥬리가 장난스럽게 윙크했다.

연적과 이어진 나를 축하해주는 그들에겐 정말 고마운 마음밖에 없다.

……모처럼 둘이 축복해주고 있다. 너무 마음 쓰지 말고 밝게 행동하는 게 맞을 것이다.

"걱정 마, 쥬리. 난 이미 유키나 선배한테 푹 빠졌어."

"나하핫! 그렇게 좋다고 떠벌리니 좀 아니꼽슨!"

쥬리가 깔깔 웃으니 아스카도 덩달아 웃었다.

정말 좋은 녀석들이다.

그들의 상냥함에 기대기만 하는 스스로가 한심했다.

쥬리. 아스카.

응원해줘서 정말 고마워.

◆

그 뒤로 아무 일 없이 날이 흘러갔다.

유키나 선배한테서는 '전화 이야기'를 듣지 못했다. 오늘 듣게 될까, 아니면 아직 그때가 아닌가. 모르겠지만 불안함은 없었다. 우리는 이제 서로 얼굴을 마주 보고 진심으로 이야기할 수 있으니까.

기념될 첫 데이트는 크리스마스가 좋다는 유키나 선배의 귀여운 요망에 따라 우리는 아직 데이트 하지 않았다.

그렇다고는 해도 유키나 선배는 매일같이 내 집에 찾아온다. 그녀가 말하길, 이건 일과니까 데이트가 아니라고 한다.

유키나 선배는 사귀기 시작한 뒤부터 호감을 표현하는 일이 많아졌다.

여전히 독설과 관절기는 날카롭지만, 반드시 어리광을 부린다. 손을 잡거나, 안기거나, 키스해달라고 조르거나. 이렇게 어리광을 잘 부리는 누나일 줄은 몰랐다…… 큭! 가끔은 나도 어리광부리고 싶다고……!

행복한 일상은 순식간에 지나가고 크리스마스 당일을 맞이했다.

공동주택 앞에서 기다리고 있으니 유키나 선배가 총총 뛰어왔다.

"미안해, 케이타. 기다렸어?"

"전혀요. 저도 방금 왔어요."

유키나 선배는 스웨터 위에 플리스 후드를 입고 있었다. 아래는 검은 롱스커트. 신발은 캐주얼한 스니커다.

어른스러운 복장이지만 곳곳에 귀여움도 있었다. 유키나 선배를 구현한 듯한 멋진 패션이라 생각한다.

"케이타? 왜 그래?"

"아뇨. 유키나 선배의 옷차림을 넋 놓고 보고 있었어요. 잘 어울려요, 엄청."

"……차, 착각하지 마. 딱히 첫 데이트라서 기합 넣고 새로 옷을 산 거 아니야. 평소에는 안 읽는 패션 잡지를 사거나 인터넷으로 첫 데이트 여자 친구 패션을 연구하거나 한 적 없어."

"아하하. 연구 많이 했네요."

"아, 안 했어!"

"오, 바로 부끄러워했다. '안 했어!'래. 유키나 선배는 귀엽구나——."

"입 다물어 하인!"

"크악!"

유키나 선배의 로우킥이 내 종아리에 작렬했다.

"아야야…… 정말. 솔직하지 못하다니깐."

"흥. 솔직하지 못한 건 옛날부터 그랬어."

"뭐, 그게 바로 유키나 선배의 귀여운 점이지만요. 아얏! 왜 차는 거야?!"

"거기에 케이타가 있기 때문이야."

"등산가처럼 말하네……."

"하지만…… 칭찬해줘서 고마워. 기뻐."

아주 약간 부끄러워한 유키나 선배는 내 옷차림을 힐끗

봤다.

"케이타의 패션은 그럭저럭이네."

"윽, 멋지다는 말을 듣고 싶었는데⋯⋯."

"나쁘진 않아. 하지만 그냥 평범한 느낌. 무난한 옷을 골랐다는 게 뻔히 보여. 심플한 복장이 나쁜 건 아니지만."

지적을 받고 내 옷을 봤다. 검은 트렌치 코트, 베이지색 스웨터, 아래는 검은 치노팬츠다.

"끄으으. 확실히 무난한 코디일지도 몰라요."

"그리고 얼굴의 코디가 변태 같네."

"얼굴 코디는 뭐야?!"

남자 친구의 얼굴을 변태라고 하는 건 그만둬. 상처 입으니까.

⋯⋯그러고 보니, 유키나 선배는 내 성격은 칭찬해줘도 외모를 칭찬해준 적은 거의 없을지도. 내 용모가 뛰어나다고 생각하지는 않지만 좋아하는 사람에게는 칭찬을 받고 싶었다.

낙담하고 있으니 유키나 선배는 웃었다.

"후훗, 농담이야. 케이타는 나의 왕자님인걸. 세상에서 제일 멋져."

"어⋯⋯ 저, 정말요?"

되물어보니 유키나 선배는 손을 뒤로 돌리고 부끄러운 듯이 고개를 끄덕였다.

오오…… 스트레이트하게 칭찬받을 줄은 몰랐다. 나도 창피해져서 무심결에 멋쩍게 웃고 말았다.

"하지만 패션은 별도야. 합격점은 올릴 수 없어. 그래서 제안할 게 있어."

"제안……?"

"즉! 케이타의 패션 센스 향상을 위해 오늘은 너에게 어울리는 옷을 골라줄게!"

유키나 선배는 그렇게 말하고 득의양양하게 가방에서 책자를 꺼냈다.

표지에는 핑크색 글자로 '데이트 안내서'라고 적혀있었다. 초등학생 무렵에 받은 '소풍 안내서'와 분위기가 똑같았다.

"오늘은 여기에 적힌 예정대로 행동하자."

"이거, 유키나 선배가 직접 만든 건가요?"

"그래. 열심히 생각했어."

에헴, 이라고 말하는 듯이 가슴을 펴는 유키나 선배. 연상 누나인데 이런 어린이 같은 면이 있어서 귀엽단 말이지.

"아하하. 크리스마스 데이트 기대되네요."

"후훗. 케이타는 어린이네. 크리스마스로 들뜨다니."

"책자까지 만들고 제일 들뜬 건 유키나 선배…… 농담이에요, 죄송합니다."

나는 바로 사과했다. 유키나 선배가 로우킥을 찰 자세를 잡았기 때문이다.

"건방져, 케이타. 오늘은 내가 에스코트하겠다고 정했으니까 조용히 날 따라와. 그러니까, 그……."

"왜 그래요?"

"나, 나한테서 떨어지면 안 된다?"

유키나 선배는 살며시 내 손을 잡았다.

떨어지면 안 된다, 라. 사귀기 전이면 절대로 안 할 말이다.

벽 너머로밖에 못 만났던 솔직한 유키나 선배가 지금 이렇게 눈앞에 있다. 그렇게 생각하니 왠지 감개무량했다.

"가자, 케이타!"

"아, 잠깐만! 잡아당기지 마세요!"

유키나 선배는 내 손을 끌고 걸어가기 시작했다. 손을 잡는 게 부끄러운지 유키나 선배의 볼은 어렴풋이 빨갰다.

우리는 대화를 하면서 사이좋게 나란히 걸었다.

유키나 선배의 수다는 멈추지 않았다. 학교 이야기, 친구 이야기, 최근에 읽은 책 이야기, 좋아하는 음악 이야기. 평소의 대화와 내용은 똑같아도 모든 것이 특별하게 느껴졌다. 전부 크리스마스 때문이다.

"그래서 있지, 케이타. 그때 아스카가 말이야——."

유키나 선배는 내 옆에서 즐겁게 이야기를 하고 있다.

오늘은 멋진 하루가 될 것이다—— 그녀가 웃는 얼굴을 보고 그렇게 생각했다.

◆

우리는 전철을 타고 세 정거장 정도 떨어진 쇼핑몰에
왔다.

목적지인 옷가게는 물론, 식당과 잡화점, 전자제품 가
게, 서점 등, 많은 상업시설이 늘어서 있다. 가게가 이만큼
많이 있으면 종일 있어도 재밌게 놀 수 있을 것 같다.

크리스마스인 것도 있어서 거리는 행복해 보이는 표정
을 지은 사람들로 넘쳐나고 있었다. 우리와 마찬가지로 데
이트 중인 커플도 많다.

"케이타. 저 가게에 가자."

유키나 선배가 가리킨 끝에는 옷가게가 있었다. 그럭저
럭 유명한 패션 브랜드의 셀렉트 샵이다. 나도 브랜드명
정도는 들은 적이 있다.

"내가 케이타를 미남으로 만들어줄게."

"아~ 그런가요. 지금의 전 멋지지 않은가요."

일부러 토라지니 유키나 선배는 볼을 빵빵하게 부풀렸다.

"……머, 멋지지만! 옷은 아니라는 뜻이야!"

유키나 선배는 '날 놀리다니 건방져!'라며 잔뜩 골을 냈
다. 큰일이다. 너무 귀여워서 놀리는 버릇이 들 것 같다.

우리는 셀렉트 샵에 들어갔다.

가게 안에는 겨울옷뿐만 아니라 봄옷도 진열되어 있었다. 가방과 벨트, 머플러 등 작은 패션용품 종류도 풍부했다.

"그럼. 케이타는 여기서 기다리고 있어."

"네? 같이 고르는 거 아니에요?"

"내가 코디 해줄게. 옷 한 벌 가져올게. 그걸 입어보고 판단해."

유키나 선배는 그렇게 말하고 장바구니를 들고 가게 안을 어슬렁거리기 시작했다.

사실은 사이좋게 이야기하면서 고르고 싶었지만, 이것도 데이트 안내서에 적혀있는 플랜이겠지. 지금은 순순히 따를까.

15분 후, 유키나 선배는 내가 있는 곳으로 돌아왔다.

"기다렸지, 케이타."

"아니에요. 의외로 시간이 걸렸네요."

"미안해, 옷이 좀 많아서 고민해버렸어. 자, 이거 받아."

난 유키나 선배에게서 옷이 든 장바구니를 받았다. 그대로 탈의실로 들어가 커튼을 치고 옷을 입었다.

"케이타. 어때?"

커튼 너머에서 유키나 선배의 들뜬 목소리가 들렸다.

"저…… 다 갈아입었어요."

"그래. 다시 태어난 케이타를 보는 게 기대돼."

"……확실히 다시 태어나긴 했지만!"

난 시착실의 거울을 보고 외쳤다.

거울에는 소 모양의 옷차림을 한 내가 비치고 있었다. 머리 부분은 후드로 되어 있어서 얼굴만 노출되어 있었다. 실루엣이 헐거운 건 잠옷이기 때문일까. 무늬는 흰색과 검은색의 대비가 훌륭…… 이 아니라! 왜 동물 잠옷이야?!

나는 커튼을 힘차게 열었다.

"유키나 선배! 뭔가요, 이 옷은!"

"소야."

"알고 있다고! 왜 소 잠옷을 입혔는지를 묻고 있는 거라고!"

"잘 때 따뜻해서 좋잖아?"

"네. 굉장히 움직이기 편해서 마음에 듭니다…… 가 아니라?!"

마음에 든다고 해도 딴지를 걸었다. 미남 코디를 해주는 게 아니었냐.

"케이타. 잘 어울려…… 푸흡!"

"아, 지금 웃었죠! 이 패션, 유키나 선배가 지시한 거거든요?!"

"실례했어…… 푸크큭! 이제 추운 밤도 안심이네…… 크흡!"

"웃지 마!"

이것도 데이트 안내서에 적힌 예정대로일지도……. 이

뒤의 데이트 플랜이 불안한데.

"케이타. 안타깝지만 소 잠옷은 취소야."

"알고 있거든!"

"괜찮아. 지금 건 잽이야. 후보는 아직 있어."

아니, 진지하게 하라고…… 라는 말은 못 했다.

유키나 선배가 정말 즐거운 것처럼 웃고 있었으니까.

"후훗. 데이트 재밌네, 케이타."

치사해. 반칙이다. 그렇게 귀엽게 웃는 얼굴을 보면 아무 말도 못 하게 돼버린다.

"난 다음 옷을 골라올게. 케이타는 그 사이에 옷을 갈아입고 상품을 선반에 돌려놔."

유키나 선배는 그렇게 말하고 다시 매장으로 가버렸다. 저, 이 옷이 어디에 있는지 모르는데요…….

"정말이지. 유키나 선배는 제멋대로라니깐……."

하지만 이렇게 휘둘리는 일상이 사랑스럽기도 하다.

커튼을 치고 문득 거울을 봤다.

거울 속의 나는 즐거운 듯이 웃고 있었다.

◆

결국 나는 카디건을 딱 한 벌 샀다. 가슴에 왕관 자수가 들어간 짙은 남색 카디건으로 초봄에 활약할 것 같은 아이

템이다.

유키나 선배가 이것저것 골라줬지만, 여기는 브랜드 매장. 무난하게 가격이 비싸서 내 예산으로는 몇 벌이나 살 수 없었다.

"미안해, 케이타. 가격도 조사해야 하는구나……."

둘이서 나란히 걷고 있으니 유키나 선배가 미안한 듯이 말했다.

"왜 사과하는 거예요. 전 쇼핑 재밌었어요."

"하지만 사실은 코디해주고 싶었는데……."

유키나 선배는 시무룩하게 고개를 숙이고 말았다.

……정말 서투르네, 이 사람은.

나는 유키나 선배의 양 볼을 부드럽게 꼬집었다.

"헤, 헤이햐?! 머 하은거야!"

"낙담한 유키나 선배가 기운을 냈으면 해서요."

"흐에?"

나는 유키나 선배의 볼에서 손을 뗐다.

"저, 이 카디건 엄청 마음에 들어요. 디자인도 멋지고, 그리고…… 유키나 선배가 열심히 골라줬으니까. 소중히 입을게요."

"케이타…… 후훗. 고마워."

유키나 선배가 부드러운 표정을 지은 것도 한순간. 황급히 헛기침하고 새침한 표정을 지어버렸다.

"당연하지. 내 패션 센스는 틀리지 않았어."

"아하하. 처음엔 어떻게 될까 싶었지만요."

"무슨 소릴 하는 거야. 동물 옷은 장난이야."

"그게 진지하게 고른 거였으면 확 깨는데."

"재밌었으니까 된 거잖아……. 자, 다음 목적지에 도착했어."

"여긴…… 찻집인가요?"

가게 앞 간판에는 '밀키웨이'라고 적혀있었다. 외장이 핑크색으로 상당히 화려했다. 여성을 겨냥한 가게일지도 모르겠다.

"오오~. 줄이 엄청나네요."

가게 바깥까지 손님이 줄을 서 있었다. 장사가 상당히 잘 되는 가게인 것 같다.

"유키나 선배. 남자가 이렇게 귀여운 가게에 들어가도 괜찮은가요?"

"괘, 괜찮아. 여긴 커플도 자주 이용한다고 하니까……."

"아, 그렇군요. 그래서 혼잡하군요. 오늘은 크리스마스니까."

"그, 그렇네……."

유키나 선배는 어딘가 긴장한 눈치였다.

……왠지 수상해.

"유키나 선배. 왜 안절부절못하고 있는 거예요?"

"무, 무슨 소리야? 난 항상 냉정하고 침착해."

유키나 선배는 날카로운 목소리로 그렇게 말했다.

이 반응, 더더욱 수상한데……. 유키나 선배 녀석, 보아하니 뭔가 꾸미고 있군?

"자, 줄 서자."

난 유키나 선배의 재촉을 받아 줄의 제일 뒤쪽에 섰다.

20분 정도 기다렸을까. 우리는 겨우 테이블석으로 안내를 받았다.

점원은 물수건을 주면서 '주문하시겠습니까?'라며 우리에게 물었다.

"네. 전 이 블렌드──."

"스페셜 러브러브 커플 드링크 하나. 주문은 이상입니다."

유키나 선배는 빠르게 말해서 주문을 끝내버렸다. 아무래도 좋지만, 음료수 이름이 너무 부끄럽다.

"저기, 유키나 선배. 저 아직 음료수 주문 안 했어요."

"돼, 됐어! 주문은 그걸로 괜찮아!"

"아니, 이해가 안 되는데…… 뭐가 괜찮은 거예요?"

"오, 오면 알게 돼! 스페셜 러브러브 커플 드링크니까 괜찮아!"

유키나 선배가 언성을 높이니 주위의 자리에서 큭큭 하는 웃음소리가 들려왔다. '귀여워라'라거나 '풋풋하네'라는 목소리도 드문드문 들렸다. 참고로 맞은편에 앉은 유키나 선배의 얼굴은 새빨갛다.

"으읏, 부끄러워…… 케이타. 조용히 해. 다른 손님에게 피해가 가잖아."

"아니, 지금은 어떻게 봐도 유키나 선배 혼자 시끄러웠을 뿐—— 잠깐, 차지 말라니깐!"

유키나 선배는 내 정강이를 퍽퍽 찼다.

"……보면 알게 되니까. 음료수가 오는 걸 기다려."

유키나 선배는 그 말만 하고 입을 다물어버렸다.

보면 알게 된다, 인가.

잘은 모르겠지만 아까 전의 유키나 선배는 뭔가를 꾸미는 눈치였다. 분명 주문한 음료수에 비밀이 있을 것이다. 대체 어떤 음료수지?

생각하는 사이에 점원이 왔다.

"오래 기다리셨습니다. 주문하신 스페셜 러브러브 커플 드링크입니다."

점원은 테이블 중앙에 드링크를 놓았다.

잔은 약간 큰 편이고 액체의 색은 옅은 핑크색. 톡톡 하고 희미하게 소리를 내고 있었다. 마셔보지 않으면 모르겠지만, 탄산 복숭아 드링크일지도 모른다.

여기까지는 평범한 음료수다.

문제는 빨대가 수면 윗부분에서 하트 모양으로 되어 있다는 것.

게다가 입을 대는 곳은 두 갈래로 나뉘어 있었다. 하나는 유키나 선배 쪽으로, 또 하나는 내 쪽을 향해 뻗어있었다.

"유키나 선배, 이건 혹시……."

"복숭아 탄산음료야."

"아니, 더 신경 쓰이는 곳이 있잖아! 이거 둘이서 마시는 건가요?!"

"그, 그래. 커플 전용 드링크인걸."

"……커플 전용?"

그렇군. 주위 손님이 웃을만하다.

우린 옆에서 보면 막 사귀기 시작한 미숙한 커플로 보이겠지……. 어머나, 부끄러워라! 지금 당장 이 가게에서 도망치고 싶어!

"뭐, 뭐야. 케이타는 나랑 이거 마시는 거 싫어?"

"싫다고 해야 할까, 부끄럽다고 해야 할까……."

"……좀 더 놀라고 기뻐할 줄 알았는데."

"예?"

"케이타는 나랑 연인다운 일을 해도 즐겁지 않구나……. 됐어. 혼자 마실 거야……."

유키나 선배는 입술을 삐죽 내밀고 빨대 끝을 손가락으로 쿡쿡 찔렀다. 토라져서 하는 행동은 아이 같아서 평소의 어른스러운 유키나 선배와는 정반대였다.

……살짝 소리쳐도 되나?

유키나 선배 완전 귀엽잖아아아아아아!

잊고 있었어, 데이트 안내서의 존재를!

이 스페셜 러브러브 커플 드링크, 유키나 선배가 사전에 조사한 거지?! 내가 기뻐하는 모습을 상상하면서 계획해준 거지?! 그래서 내 리액션이 약하니까 아이처럼 토라진 거지?! 아니, 너무 귀엽잖아! 나도 모르게 꼭 안아버릴 것 같아!

어이, 셰프를 불러라! 훌륭한 음료수를 만들어줘서 고마워! 덕분에 유키나 선배의 갭모에를 볼 수 있었습니다! 그 수완 훌륭하도다!

──라고 말하면 유키나 선배가 부끄러운 걸 숨기려고 무슨 짓을 할지 알 수 없다. 난 마음속으로만 외쳤다.

"유키나 선배. 음료수 마셔요."

"……싫은 거 아냐?"

"싫다고 한마디도 안 했어요. 부끄러워서 부끄러운 걸 숨기려고 그런 거예요."

"……뭐야 그게. 이상해."

"아하하. 심술쟁이인 누군가의 영향일지도 모르죠."

놀리니까 유키나 선배는 뚱한 표정을 지었다.

하지만 그 표정은 금방 환히 웃는 얼굴로 바뀌었다.

"……후훗. 케이타는 짓궂어."

"미안해요. 화났어요?"

"아니⋯⋯. 침울해하는 나를 웃게 하려던 거지?"

"아하하⋯⋯ 들켰나요?"

"빤히 다 보여. 나는 너의 그런 다정함에 반했으니까."

"잠깐, 갑자기 그런 말 하지 마세요. 부끄럽잖아요."

"후훗. 아까 전의 복수야⋯⋯ 자, 마시자."

"⋯⋯네."

나는 긴장하면서 빨대에 입술을 가까이 댔다. 유키나 선배도 똑같이 입술을 가까이 대고 빨대를 물었다.

이렇게 가까운 곳에 유키나 선배의 얼굴이 있다니⋯⋯. 왠지 키스하고 있는 것 같아 부끄럽다.

유키나 선배와 눈이 맞았다. 어떻게 하면 좋을지 몰라 서로를 바라보는 우리. 유키나 선배의 얼굴은 새빨갰다. 아마 내 얼굴도 빨개졌을 것이다.

우리는 빨대에서 입술을 뗐다.

"아하하. 부끄러웠어요, 유키나 선배."

"그, 그렇네⋯⋯. 생각했던 거랑 달랐어."

"어떤 걸 상상했어요?"

"빨대를 물고 행복한 얼굴로 바라보면서, 그, 알콩달콩한 느낌으로⋯⋯. 잠깐만! 웃지 마!"

유키나 선배는 내 정강이를 찼다.

"정말! 오늘 케이타는 짓궂어!"

"아하핫. 미안해요. 그래도 좋은 추억이 되었어요. 연인

다운 걸 해서 좋았어요."

"그래…… 오늘은 추억을 잔뜩 만들자."

"……유키나 선배?"

나는 놓치지 않았다. 유키나 선배의 표정이 한순간 흐려졌다.

문득 그 전화 건이 뇌리에 떠올랐다.

그때, 유키나 선배의 말투는 나에게 뭔가를 숨기고 있는 듯했던가.

유키나 선배는 어머니와 전화하면서 '그전까지는 이야기한다'라고 말했었다.

'그전까지'가 어느 시점을 가리키는지는 모른다.

그래도 난 믿고 기다릴 것이다.

유키나 선배가 용기를 내서 이야기해주는 그때까지.

"케이타? 심각한 표정인데 무슨 일 있어?"

유키나 선배는 곤란한 듯한 얼굴로 물어봤다.

안 된다. 내가 여자 친구를 걱정하게 만들면 안 된다. 언제든지 비밀로 하는 일을 이야기할 수 있는 상황을 만들어줘야 한다.

"미안해요. 유키나 선배가 생각한 '알콩달콩'이 궁금해져서요."

"이, 잊어버려!"

"싫어요. 알콩달콩이라. 무엇을 할 생각이었을까~?"

"정말! 짓궂어!"

유키나 선배는 고개를 홱 돌렸지만 풉 하고 웃음을 터뜨렸다.

"유, 유키나 선배?"

"아하핫! 케이타가 심각한 표정으로 엉큼한 생각을 하고 있다고 생각하니 웃겨서!"

"엉큼한 생각은 안 했는데?!"

애초에 심각한 표정을 지었던 건 당신 탓이잖아.

그래도 뭐, 괜찮으려나. 유키나 선배도 데이트를 즐기고 있는 것 같으니.

기념할 만한 첫 데이트다. 어려운 생각은 하지 말고 나도 즐겨야 한다.

"유키나 선배. 한 번 더 마셔요."

"그렇네. 모처럼이니까 마시자."

우리는 부끄러워하며 빨대에 입을 대고 서로를 바라보면서 음료수를 마셨다.

◆

찻집에서 나온 우리는 다시 쇼핑몰을 나란히 걸었다.

"유키나 선배. 다음엔 어디로 가나요?"

"여기야."

유키나 선배는 어느 가게 앞에서 멈춰섰다.

"오. 오락실인가요?"

"그래. 들어가자."

유키나 선배는 내 손을 끌고 오락실로 들어갔다.

오락실 안은 많은 사람들로 북적이고 있었다. 예상은 하고 있었지만 역시 커플이 많다.

게임 소리가 난무하는 가운데, 우리는 오락실 안쪽으로 들어갔다.

유키나 선배가 여기를 고른 건 의외였다. 좀 더 조용한 장소를 좋아할 줄 알았는데……

"유키나 선배는 오락실에서 자주 놀아요?"

"아니. 평소엔 안 와. 시끄러운 건 싫으니까."

"그럼 오늘은 왜?"

"……가고 싶은 곳이 있어."

유키나 선배는 머뭇거리면서 말했다.

오락실에서 가고 싶은 곳이라……. 어쩌면 인형 뽑기일지도 모른다. 유키나 선배는 인형을 좋아하기 때문이다. 아니면 내 방에서 신나게 한 레이싱 게임 중 하나일 것이다.

하지만 내 예상은 빗나갔다.

유키나 선배가 나를 데리고 간 곳은 스티커 사진 코너였다. 모든 스티커 사진기가 귀여운 여자아이가 찍힌 커튼으로 구획이 나뉘어져 있었다.

"케이타. 난 여고생인데, 그렇게 늙어 보여?"

유키나 선배의 이마에 힘줄이 선명하게 보였다. 큰일이다. 왠지 화내고 있어.

"오, 오해에요. 쿨한 유키나 선배의 이미지와는 동떨어져 있어서 의외라는 뜻이에요. 유키나 선배는 이런 거에 관심 없는 줄 알았으니까요."

"별로 관심은 없지만…… 크리스마스니까. 추억이 되지 않을까 싶어서."

"아하하. 또 추억인가요?"

"그래. 중요한 거야."

유키나 선배는 부드럽게 미소 지었다.

오늘은 우리가 사귀기 시작하고 처음으로 하는 데이트. 말하자면 기념일이다. 유키나 선배가 추억에 집착하는 이유도 알 것 같다.

"유키나 선배, 찍을까요?"

"그래. 왠지 긴장되네."

"저도요. 스티커 사진 코너는 여자뿐이라 두근거려서."

"케이타. 그건 긴장이 아니라 흥분이야."

"아닌데?!"

우리는 평소처럼 장난치면서 한 대의 스티커 사진기 안으로 들어갔다.

동전을 넣으니 화면이 바뀌고 음성 가이드가 흘러나왔다.

우리는 화면과 음성을 따라 조작했다.

"유키나 선배. 어떡할까요? 촬영 효과, 종류가 여러 개인 것 같은데."

"음…… 이 '피치톤'이라는 게 무난하지 않아? 너무 심한 가공은 안 좋아해."

"그렇군요. 전 '부들달콤 테이스트' 유키나 선배도 보고 싶은데. 분명 귀여울 거예요."

"그, 그래? 두 종류 고를 수 있는 것 같으니까 그것도 골라볼까."

"오, 쉽게 넘어온다."

"정했어. 찰 거야!"

"아얏! 미, 미안하다니깐요!"

"사진은 몇 분할이 좋을까? 분할한 장수랑 똑같이 케이타의 엉덩이도 분할하자."

"스티커 사진에 그런 기능 없는데?!"

이래저래 해서 우리는 스티커 사진을 찍었다.

촬영 후의 낙서 타임에는 날짜와 '첫 데이트 기념일'이라는 글을 적었다. 심플한 낙서지만 추억의 한 장이 된 것 같다.

촬영을 끝내고 잠시 뒤에 사진이 나왔다.

꺼내서 사진을 봤다.

유키나 선배는 확실히 잘 찍혔다. 부자연스럽게 가공되

지도 않고 예쁘게 찍혔다.

한편, 난 이래저래 심각했다. 엄청나게 미백되었고 괴물처럼 눈이 컸다.

유키나 선배는 사진을 보고 웃었다.

"아하핫! 케, 케이타! 눈이 커서 무서워!"

"너, 너무 심하게 웃잖아요!"

"그치만, 이 눈을 봐! 아하핫!"

유키나 선배는 배를 잡고 천진난만하게 웃었다.

그 사랑스러운 표정은 스티커 사진으로 잘 찍힌 유키나 선배보다 몇 배나 더 반짝여 보였다.

"유키나 선배…… 평소에 그렇게 솔직해도 된다구요?"

히죽거리면서 그렇게 말하니 유키나 선배는 '앗'하는 소리를 내고 입가에 손을 댔다.

"흐, 흥. 조금 심하게 떠든 것 같네."

"아하하. 제 앞에서는 솔직한 유키나 선배로 있어도 괜찮은데."

"응…… 하지만 아직 조금 부끄러워."

유키나 선배는 뚱한 얼굴로 나를 째려봤다. 알고 있었지만 재확인. 유키나 선배는 너무 귀엽다.

"저, 언젠가 막 살갑게 대해주는 유키나 선배와 데이트 해보고 싶어요."

"……집 데이트를 할 때 선처해줄게."

그렇게 말하면서 유키나 선배는 사진을 소중한 걸 다루듯이 안았다.

"좋은 추억이 되었어. 고마워, 케이타."

"후훗. 고맙다고 인사하다니, 호들갑이네요. 기념일뿐만 아니라 언제든지 찍으러 갈 수 있다고요?"

아무 생각 없이 한 말이었다. 딱히 깊은 뜻은 없다. '또 찍으러 와요'라는 뜻으로 말한 것이다.

하지만 유키나 선배는 그렇게 받아들이지 않은 듯했다.

"……케이타. '언제든지'라는 말은 가짜다?"

"네?"

"이 순간은 지금밖에 없어. 시간이 지나면 '언제든지 만날 수 있다'는 '언제든지 만날 수 있었다'로 변해."

유키나 선배가 한 말의 의미는 이해가 잘 안 됐다.

하지만 안 좋은 예감은 들었다.

지금 한 말은 분명 숨기는 일과 관련이 있을 것이다.

"……미안해. 영문 모를 소리를 해버렸네. 잊어버려."

유키나 선배는 미소 지었다.

그 미소가 덧없어서 왠지 갑자기 불안해졌다.

"가자, 케이타. 나 이번에는 인형 뽑기를 해보고 싶어."

"유키나 선배. 저한테 뭔가 할 말이 있는 게──."

"부탁이야. 내 마음대로 하는 데 어울려줘."

유키나 선배는 내 말을 가로막았다.

마음대로 행동한다는 건 나도 인형 뽑기를 같이 하게 만드는 것인가?

아니면 숨기는 걸 물어보지 말라는 뜻인가?

알 수 없어서 나는 애매하게 웃었다.

"……인형 뽑기, 할까요. 유키나 선배가 좋아하는 거 뽑아줄게요."

"정말? 기대된다."

유키나 선배는 내 손을 잡았다.

재미있었을 터인 데이트 시간.

하지만 지금은 불안함에 가슴이 조금 두근거렸다.

……괜찮겠지?

더 이상 지금까지의 우리가 아니다. 공동주택의 벽 같은 게 없어도 때가 되면 유키나 선배는 스스로 이야기해줄 것이다.

진심을 듣는 건 조금 무섭지만 난 그렇게 믿고 있다.

"유키나 선배. 인형은 어떤 게 좋아요?"

나와 유키나 선배는 인형 이야기로 이야기꽃을 피우면서 인형 뽑기 코너로 향했다.

【전하고 싶은 마음과 두 사람의 미래】

　실컷 논 우리는 오락실에서 나왔다.
　시각은 7시를 넘겼다. 주위는 어두워져 있었고 거리의
불빛이 여기저기에 켜져 있었다. 겨울의 맑은 공기가 차가
워서 묘하게 기분 좋았다.
　"케이타. 인형 뽑아줘서 고마워."
　유키나 선배는 인형이 든 비닐봉지를 앞뒤로 흔들면서
고맙다고 인사했다.
　"아뇨아뇨, 맡겨주세요."
　전에 쥬리와 인형 뽑기에 도전했을 때, 난 전혀 뽑지 못
했다. 그게 분해서 그날 이후로 조금씩 연습하고 있었다.
설마 이런 식으로 도움이 될 줄은 몰랐지만 연습해두길 잘
했다.
　"유키나 선배. 다음엔 어디에 가요?"
　"일루미네이션을 보자. 사람이 많이 없으면 좋겠는데."
　"사람이 많이 없으면? 인기 많은 곳이에요?"
　"후훗. 도착하고 나서 기대해."
　유키나 선배는 기쁜 듯이 말했다. 어쩌면 서프라이즈일
지도 모른다. 난 그 이상은 물어보지 않기로 했다.
　잠깐 걸으니 멀리 크리스마스트리가 보이기 시작했다.
한 그루가 아니다. 넓은 메인 스트리트 중앙에 똑같은 간

격으로 잔뜩 늘어서 있었다.

각 크리스마스트리마다 장식이 되어 있었다. 하지만 어두워서 잘 보이지 않았다. 여기서 보이는 건 기껏해야 트리 꼭대기에 달린 별모양 장식 정도다.

"여기에 있는 크리스마스트리는 있지, 일제히 라이트업해. 케이타, 이쪽이야."

유키나 선배는 어떤 상업시설을 가리켰다. 많은 점포가 입주해 있는 5층 건물이었다.

"여기라면…… 실내인가요?"

유키나 선배는 내 질문에는 대답하지 않고 상업시설 안으로 들어갔다. 난 서둘러 그녀의 뒤를 쫓아 에스컬레이터로 2층으로 이동했다.

"도착했어. 여기야."

유키나 선배는 나를 연결복도로 데리고 왔다.

건물은 동동과 서동으로 나뉘어 있었다. 그 양 건물을 잇는 것이 이 연결복도다.

연결복도는 실외였다. 천장은 없으며 난간이 설치되어 있었다. 그렇구나. 전망이 좋은 이곳에서라면 일루미네이션을 위에서 한눈에 볼 수 있는 건가.

사람이 지나다니긴 해도 복도가 넓다. 구석에서 경치를 보기만 한다면 통행인에게 방해가 되지 않을 것이다.

"어때? 특등석이야."

유키나 선배는 자신만만하게 그렇게 말했다.

"확실히 여기서라면 일루미네이션이 잘 보이네요."

"후훗. 잡지의 크리스마스 특집에 실려있었어."

나와 유키나 선배는 나란히 크리스마스트리를 봤다. 아직 불이 켜지지 않은 트리는 밤거리에 녹아들어 윤곽이 애매했다.

유키나 선배는 내 옆에서 스마트폰을 확인했다. 그 옆얼굴은 마치 크리스마스 선물상자를 열고 들뜬 아이처럼 보였다.

"케이타! 이제 곧이야!"

"네? 뭐가요?"

물어보니 유키나 선배는 메인 스트리트를 따라 손가락을 왼쪽에서 오른쪽으로 그었다.

"당연히 라이트업이지!"

그것은 마치 마법과 같았다.

유키나 선배의 말에 응답하듯이 거리가 크리스마스이브의 도래를 사람들에게 알렸다.

트리가 받침대 아래에서 나오는 푸르스름한 빛을 받았다.

전구 장식은 금색 빛을 발하며 장식품과 함께 트리를 수놓았다. 빨강, 하양, 오렌지, 보라…… 다양한 색과 모양의 크리스마스 볼이 빛에 감싸여 밤에 떠올랐다.

일루미네이션은 트리뿐만이 아니었다. 주위 건물에 썰

매를 끄는 순록의 실루엣이 비쳤다. 빨간 옷을 입은 산타클로스도 있었다.

그 외에도 'Merry Christmas'라고 빛나는 글자, 하늘에서 내리는 눈을 본뜬 희미한 빛 등, 아름다운 일루미네이션이 거리를 빛나게 했다.

지나가는 사람도 걸음을 멈추고 일루미네이션을 보고 있다. 지금 이 순간만큼은 별들로 뒤덮인 밤하늘도 당해낼 수 없을 정도로 거리가 화려해졌다.

"굉장해……! 엄청 예쁘네요, 유키나 선배!"

"그래. 상상 이상이야."

"이렇게 호화로운 일루미네이션은 처음 봤어요! 유키나 선배랑 같이 볼 수 있어서 기뻐요!"

"응. 나도 기뻐……."

흥분한 나와는 대조적으로 유키나 선배는 어딘지 기운이 없었다.

어렴풋이 알아버렸다.

즐거웠던 시간은 지금, 이 순간에 끝났다고.

"……유키나 선배?"

"난, 겁쟁이니까. 말하는 게 무서워서 늦어졌어……. 하지만 데이트 시간은 곧 끝나. 그러니까 말할게."

유키나 선배는 슬픈 듯이 웃었다.

아까 스티커 사진을 찍었을 때 보여준 덧없는 웃음이다.

"혹시, 숨기는 일에 대해 말하는 거예요?"

"어?! 어, 어떻게 그걸……?"

유키나 선배는 놀라서 눈을 크게 떴다.

"유키나 선배에 대한 거라면 뭐든지 알고 있어요. 뭔가 숨기고 있는 것도…… 때가 되면 분명 저에게 전부 이야기할 것도."

"케이타……."

"말은 이렇게 해도 좀 긴장하고 있지만요. 아하하…… 겁쟁이라 미안해요."

"아냐, 그렇지 않아. 내가 괴로워하고 있을 때, 넌 언제나 날 구해줬어. 겁쟁이 같은 게 아냐. 케이타는 용기 있는 사람이야."

"유키나 선배……."

"난 케이타의 그런 상냥한 면을 좋아하게 됐어. 겁 많은 나를 기다려주고…… 믿어줘서, 고마워."

유키나 선배는 한 걸음 뒤로 물러나서 손을 뒤로 돌려서 맞잡았다.

차가운 바람은 소리도 없이 불어서 유키나 선배의 긴 흑발을 흔들었다.

"나 있지, 이사 가."

유키나 선배의 투명한 목소리가 밤에 울렸다.

거리의 소란이 고막에서 멀어졌다.

이제는 숨을 내쉬는 소리밖에 들리지 않았다.

"거짓말이죠……? 너무 갑작스러워요."

"그러게. 지금까지 아무 말 안 해서 미안해……."

유키나 선배는 미안한 듯이 사과했다.

마음이 잔혹한 현실을 거부했다. 선배가 이사 가는 건 싫다. 유키나 선배가 없어지면 매일이 심심해. 앞으로는 학교에서 돌아와도 내 방에 유키나 선배는 없다. '어서 와, 하인'이라는 말을 들을 수 없게 된다. 섭섭해, 엄청. 가지 마.

얼마 전의 나였다면 유키나 선배에게 그렇게 따졌을 것이다.

난 넘쳐흐르는 감정을 마음속에 눌러두고 말하고 싶은 걸 꾹 참았다.

유키나 선배는 나를 슬프게 만드는 게 무서웠던 거지? 그래서 나한테 좀처럼 말하지 못했던 거지?

유키나 선배의 그런 마음을 알면서 자신의 슬픔을 토로할 수 있을 리가 없다.

이 이상 그녀를 불안하게 만들면 안 된다.

우선은 이야기를 끝까지 듣자.

이야기를 다 듣고 나는 가장 소중한 사람을 위해 할 수 있는 것을 하고 싶다.

"저…… 왜 이사하나요?"

난 마음의 소리를 전부 삼키고 물어봤다.

"진학 사정 때문에. 나, 봄부터 케이카 대학에 다녀. 그래서 도쿄로 이사 가는 거야."

케이카 대학. 사립대학에 편차치가 높은 대학이다.

그러고 보니 유키나 선배가 아르바이트한다는 말이 나왔을 때, 지정 학교 추천으로 케이카 대학에 진학한다는 이야기가 나왔었지.

"……잠깐만요. 케이카 대학 캠퍼스는 집에서 제일 가까운 역에서 세 정거장 아니었나요?"

그래. '케이카 대학 앞'이라는 역이 세 정거장 뒤에 있을 것이다. 그렇다면 굳이 이사하지 않아도 되지 않은가.

유키나 선배는 조용히 고개를 저었다.

"'케이카 대학 앞'에 있는 캠퍼스는 있지, 이과 학부가 중심이야. 의학부나 이학부 말이야. 내가 진학하는 문학부 캠퍼스는 도쿄 한가운데에 있어."

"무슨……. 캠퍼스가 두 개 있다는 건가요?"

"응. 그래서 이사하지 않으면 다닐 수 없어."

유키나 선배는 가라앉은 목소리로 그렇게 말했다.

도쿄라면 만날 수 없는 거리는 아니지만……. 자주 만날 수는 없게 된다.

지정 학교 추천 이야기를 들었을 때, 나는 '유키나 선배,

집에서 다닐 수 있는 대학을 고른 건가'라고 생각했다. 그 래서 유키나 선배가 이사할 가능성 같은 건 조금도 생각하 지 않았다…….

문득 유키나 선배가 아까 한 말이 뇌리에 떠올랐다.

"이 순간은 지금밖에 없어. 시간이 지나면 '언제든지 만 날 수 있다'는 '언제든지 만날 수 있었다'로 변해."

유키나 선배와 같은 집에서 사는 나날은 '지금'이 아니라 '언젠가'로 변해가고 있다.

왜 난 그런 단순한 것을 알아차리지 못했을까.

"좀 더 빨리 말하고 싶었지만, 마음의 준비가 안 돼서…… 이렇게 소중한 날에 말하게 돼서 미안해."

유키나 선배는 눈물을 참듯이 입술을 깨물었다.

지금뿐만이 아니다. 데이트 도중에 계속 우는 걸 참았을 것이다.

유키나 선배는 오늘 하루, '추억'이라는 말을 몇 번이고 되뇌었다. 스티커 사진을 찍은 것도 그렇다. 과거가 되어 가고 있는 지금을 형태가 있는 것으로 남기기 위해서다.

그래서 웃음이 필요했다.

잘라낸 '언젠가의 추억'은 즐겁지 않으면 안 되니까.

"미안해…… 울면 안 되는데…… 오늘은 웃겠다고, 정했는데……!"

유키나 선배가 눈을 깜빡이니 두 눈에서 투명한 물방울이 흘러 떨어졌다. 미간에 작은 주름을 만들고 조용히 울었다.

"나, 사실은 계속 케이타의 옆집에서 지내고 싶어……!"

한번 새어 나온 감정은 멈추지 않는다. 유키나 선배는 아이처럼 히끅, 히끅 하는 소리를 내며 울었다.

유키나 선배가 우는 얼굴을 웃는 얼굴로 바꾸고 싶다.

그러기 위해서는 말과 진심이 필요하다고 생각했다.

말은 온갖 벽을 넘어서 마음을 전하는 마법이다. 하지만 말만으로는 약간 부족하다. 쌍방이 솔직한 마음을 모아야 처음으로 서로의 진심이 부딪치게 된다. 난 그걸 잘 알고 있다.

지금 내가 유키나 선배에게 전하고 싶은 마음이란 뭘까.

어떤 말이 그녀의 얼굴에 웃음을 피게 할 수 있을까.

내 안에서 답은 나와 있었다.

유키나 선배 곁에 있기만 해도 난 행복해질 수 있다. 매일이 즐거워진다. 웃음이 끊이지 않는 일상을 보낼 수 있다.

분명 유키나 선배도 같은 마음일 것이다.

그러니 이 마음을 말로 전하고 행동으로 보여주고 싶다.

난 항상 하는 말을 조금만 바꿔 마음속으로 중얼거렸다.

……살짝 용기를 내도 될까?

"유키나 선배! 1년만 기다려주세요!"

"……어?"

유키나 선배는 소매로 눈물을 닦으면서 나를 봤다. 우는 얼굴에는 놀라움이 섞였다.

"저도 유키나 선배랑 같은 마음이에요. 유키나 선배가 같은 집에 없는 생활 같은 건 생각할 수 없어요. 왜냐하면 이번 1년을 돌아보면 제 옆에는 항상 유키나 선배가 있었으니까요."

집에 돌아오면 귀엽지 않은 태도로 나를 맞아주는 츤데레 유키나 선배.

감기에 걸리면 진심으로 걱정하고 간병해주는 상냥한 유키나 선배.

부끄러운 걸 숨기려고 굳히기를 거는 심술쟁이 유키나 선배.

어떤 일상을 따로 떼놓아도 내 옆에는 언제나 유키나 선배가 있다. 당신이 없는 일상 같은 건 있을 수 없다.

"하지만 내년에는 같이 있을 수 없어요. 전 3학년이 될 거고, 유키나 선배는 도쿄에 진학하죠. 학교의 소재지를 생각하면 같은 집에서 다니는 건 불가능해요."

"케이타…… 무슨 말을 하고 싶은 거야?"

"맨 처음에 말했잖아요. 1년 기다려주세요. 그 사이에 이사 준비를 할게요."

"1년 후의 이사 준비라니…… 설마 케이타……!"

"내년에 저도 케이카 대학에 지원할게요. 합격하면 유키나 선배가 사는 집에 이사하고 싶어요."

필사적으로 공부해서 반드시 합격을 쟁취하는 것이다.

유키나 선배 곁에 있을 수 있도록.

지금밖에 없는 '지금'을 앞으로도 계속 보낼 수 있도록.

"그런…… 안 돼, 케이타."

유키나 선배의 목소리는 떨리고 있었다.

"안 된다니, 어째서죠?"

"마음은 기뻐, 정말로. 하지만 케이카 대학은 편차치가 높아."

"네. 전 유키나 선배처럼 내신 점수가 높지 않으니 일반 입시로 가야죠. 내년부터 학원 다녀야겠네."

"쉽게 말하지 마. 엄청 어려울 거야."

"1년 있으면 괜찮아요. 괜찮아. 진성 M은 두말하지 않아요."

"그런……. 네가 하고 싶은 것도 있잖아. 공부하고 싶은 학문이라던가, 장래의 꿈이라던가. 내 사정으로 진로를 정하면 안 돼."

"한심한 이야기지만, 꿈은 딱히 없어요. 그러니까…… 대학교 4년 동안 유키나 선배 옆에서 꿈을 찾으려고 해요."

"……멋진 척하지 마. 바보야!"

"이제 와서 무슨 소릴 하는 거예요. 전 바보잖아요. 당신을 구하기 위해서라면 여자 화장실에도 달려가는 남자라고요."

그러고 보니 문화제 때와 비슷하다. 난 유키나 선배를 안심시키고 싶어서 문 너머로 속마음을 전했었지.

이제는 문도 벽도 필요 없다.

유키나 선배의 눈을 보고 솔직하게 좋아한다고 말할 수 있다.

"저, 유키나 선배가 정말 좋아요."

내가 그렇게 말한 순간, 유키나 선배는 다시 울 것 같은 표정을 지었다.

"저 유키나 선배 생각으로 머리가 가득해요. 바보라는 말을 들어도 좋아요. 정말 좋아하는 당신 옆에 있을 수 있도록 노력하고 싶어요."

이게 내가 전하고 싶었던 마음이다.

"정말 바보야…… 케이타는, 진짜 바보야……!"

유키나 선배는 울면서 내 가슴에 뛰어 들어왔다.

난 그녀의 가냘픈 몸을 살짝 받아냈다.

"어떻게 내가 해주길 원하는 걸 아는 거야……. 왜 내 고집을 들어주는 거야……!"

"특별한 사람이니까. 유키나 선배도 그렇잖아요?"

"케이타 주제에…… 이해가 안 돼! 너무 좋아!"

"왠지 미묘하게 심술부리는 느낌이…… 지금 좋다고 표현하는 거예요?"

"좋다고 표현 안 했어! 케이타는 연하 주제에 건방져! 그래도 좋아! 상냥한 점이 너무 좋아! 변태에 난봉꾼이라 짜증 나지만! 쭉 같이 있고 싶어!"

내 품속에서 유키나 선배는 퉁명스러운 태도와 살갑게 대하는 태도를 섞어 응석 부렸다. 난 가만히 그걸 받아주며 안았다.

얼마나 그러고 있었을까.

울음을 그친 유키나 선배는 나에게서 살며시 떨어졌다.

"……케이타. 수험공부, 열심히 해."

"네. 사랑의 힘으로 힘낼게요."

"후훗. 왠지 그거 촌스러워."

"아니 이 타이밍에 웃지 마세요……. 수험 이야기 엄청 용기 내서 말했으니까요."

"응…… 고마워. 엄청 기뻤어. 케이타라면 분명 합격할 수 있다고 믿고 있어. 참고로 수험에 실패하면 벌이 기다리고 있어."

"싫은데, 그런 수험 시스템은!"

"후후후. 서프라이즈야."

유키나 선배는 기쁜 듯이 웃었다. 서프라이즈는 사전에 말하면 안 되고, 애초에 부정적인 의미로는 안 쓸 것이다.

……아. 서프라이즈 하니까 생각났다.

"유키나 선배. 나중에 제 방에 안 올래요?"

사실은 나도 서프라이즈를 준비해뒀다. 유키나 선배에 겐 비밀로 케이크를 예약한 것이다. 지금부터 가지러 가서 유키나 선배와 같이 먹을 생각이다.

"에…… 케, 케이타네 집에 가는 거야?"

"네. 마지막에는 우리답게 집에서 기념일을 보내고 싶어 서요."

"크리스마스 밤, 남자 친구의 방에 불린다는 건…… 혹시 그렇고 그런 전개를 기대하고 있는 거야?!"

유키나 선배는 얼굴을 새빨갛게 물들이고 허둥거리기 시작했다.

"유키나 선배? 왜 초조해하는 거예요?"

"당연히 초조하지! 반대로 케이타는 왜 침착한 거야!"

"네? 저는 딱히 초조할 일이…….."

"뭐, 뭐야, 그 여유는……?! 혹시 경험 있어?!"

"그러니까…… 잘은 모르겠지만, 전 그저 크리스마스에 는 먹고 싶어서 부르는 것일 뿐인데…….."

"머, 먹고 싶어?! 나, 먹히는 거야?!"

유키나 선배는 자신의 몸을 지키듯이 안았다.

왠지 대화가 맞물리지 않았다. 유키나 선배는 뭘 착각하 고 있는 걸까.

"유키나 선배는 대체 무슨 얘길 하는 거예요?"

"그, 그건…… 크리스마스 밤에 남자 친구 집에 불리면, 그런 거 아니야?"

"네…… 그런 거요?"

방금 대화를 떠올려봤다.

크리스마스 밤. 남자 친구의 집. 그렇고 그런 전개. 경험 있음. 나, 먹히는 거야.

서, 설마…… 유키나 선배는 야한 걸 떠올린 건가?!

"오, 오해에요, 유키나 선배! 서프라이즈로 케이크를 준비해놨으니까 제 방에서 먹자는 이야기에요! 다른 뜻은 없어요!"

"아, 그런 뜻…… 헤, 헷갈리게! 착각했잖아!"

"유키나 선배가 멋대로 야한 망상을 했을 뿐이잖아요!"

"아, 안 했어!"

"아뇨, 했죠! 저에게 침대에서 먹히는 귀여운 망상을——."

"케이타…… 이 높이에서 트리를 향해 던져지고 싶어?"

"죄송합니다, 이 이야기는 이제 안 할게요."

크리스마스에 구급차에 실려 가는 건 사양이다. 이 이상은 그만하자.

"케이타. 있잖아……. 실은 나도 서프라이즈 선물을 준비했어."

"네?! 정말요?!"

유키나 선배가 날 위해 골라준 선물…… 큰일이다. 엄청나게 기쁜데.

유키나 선배는 가방에서 포장된 뭔가를 꺼냈다.

"자, 받아."

"감사합니다. 열어봐도 돼요?"

"그래, 열어봐."

난 선물의 리본을 풀고 포장지를 열었다.

"이건……."

선물은 크림색 머플러였다. 차분한 색에 디자인이 어른스러운 게 정말 유키나 선배의 센스답다.

"오오! 멋지네요. 그리고 따뜻할 것 같아."

"후훗. 처음에 들른 옷가게에서 케이타의 옷을 고르고 있을 때 몰래 샀어."

그렇군. 옷을 고르는 시간이 길었던 때가 있었는데 그때 계산을 한 건가.

"유키나 선배. 이 머플러 소중히 쓸게요!"

"고마워. 지금 둘러볼래?"

"네!"

바로 머플러를 둘러봤다.

목이 따뜻할 뿐만 아니라 왠지 마음도 따뜻해졌다. 유키나 선배가 준 선물이라 그런 걸지도 모른다.

한 가지 문제가 있다고 한다면…… 이 머플러, 좀 긴데?

평범하게 두르면 머플러가 허리 근처까지 온다.

유키나 선배도 알아차렸는지 작게 '아' 하고 소리를 냈다.

"……길이가 안 맞네."

유키나 선배는 겸연쩍은 듯이 그렇게 말하고 풀이 죽어 고개를 숙이고 말았다.

정말이지. 실수하면 금방 낙담한다니깐.

나는 머플러를 풀었다.

"아…… 미안해, 케이타. 마음에 안 들었지……."

"그럴 리가 없잖아요. 이러려고 머플러를 푼 거예요."

나는 유키나 선배와 딱 붙어서 그녀의 목에 머플러를 둘렀다. 두르는 방법을 바꿔서인지 아까보다 많이 남아있다.

"저기…… 케이타?"

"그리고, 이렇게 하면……. 자, 어때요? 길이, 딱 좋지 않아요?"

머플러의 남은 부분을 내 목에 둘렀다. 러브러브한 머플러 쉐어의 완성이다.

유키나 선배는 놀란 표정을 지었지만 금방 부드러운 미소를 보여줬다.

"……에헤헤. 몸을 딱 붙이니까 더 따뜻하네."

"더 붙을래요?"

"그, 그건…… 방에 갈 때까지 참을래."

"오. 지금 좋아했죠?"

"안 좋아했어!"

"아하하. 사귀고 있으니까 더 좋아하는 티 내도 좋은데."

"가, 갑자기는 어려워. 서서히 해야지…… 아!"

유키나 선배는 밤하늘을 가리켰다.

무슨 일인가 싶어 하늘을 올려다봤다.

밤하늘은 아주 하얗게 물들어 있었다.

"눈이다……."

가루눈이 깃털처럼 사뿐히 떨어졌다. 거리의 빛을 받아 반짝임을 입고 땅에 내려앉아 사라져갔다.

트리에 시선을 빼앗기고 있던 사람들은 이제는 눈을 보느라 정신이 없었다. 다 같이 밤하늘을 올려다보고 있다.

문득 옆을 보았다.

머플러에 얼굴을 반쯤 파묻은 유키나 선배와 눈이 맞았다.

"유키나 선배."

"왜?"

"좋아해요."

"……나도야."

"아하핫."

"뭐, 뭐가 웃겨?"

"아니에요. 기쁜 거예요…… 아, 그렇지."

다들 눈을 보는 데 열중해서 아무도 우리를 안 볼지도.

그렇게 눈으로 신호를 주니 유키나 선배는 부끄러운 듯이 고개를 끄덕였다.

나는 유키나 선배의 입을 숨기고 있는 머플러를 손가락으로 끌렀다. 사랑스러운 연분홍빛 입술이 드러났다.

우리는 이끌리듯이 입을 맞췄다.

화이트 크리스마스는 평생의 추억이 되었다.

【대학생이 되어도 솔직하게 좋아한다고 말할 수 있는걸!】

그리고 세월이 흘러, 어느 봄날의 일이다.

공동주택의 한 방에서 유키나 선배가 성대하게 탄식했다.

"하아······. 케이타. 뭐야, 그 모습은."

유키나 선배는 불쌍한 사람을 보는 눈빛으로 내 복장을 바라봤다.

확실히 평소에는 안 입는 옷이지만, 그렇게 안 어울리나?

"제 정장 차림, 영 아닌가요?"

"그게 아니라, 넥타이말이야."

"보통 넥타이라고 생각하는데······ 이상해요?"

"오히려 변태야."

"무슨 뜻이야?!"

"벌거벗고 넥타이를 매는 차림을 잘도 하는구나."

"옷 입고 있거든! 정장 차림이라고 말했잖아! 잘 보라고, 나의 이 모습을! 말똥말똥, 자!"

"뭔가를 과시하는 듯한 그런 말투······ 역시 케이타는 대학생이 되어도 변태구나."

유키나 선배는 기막혀했다.

뭔데?! 내가 잘못한 건가?

"농담은 제쳐두고, 난 넥타이를 매는 방법이 이상하다고 한 거야. 어떻게 봐도 너무 짧잖아."

"와, 진짜요?"

그 말을 듣고 거울을 확인해봤다.

아, 진짜다. 넥타이가 가슴팍까지밖에 안 온다. 이건 확실히 멋없을지도.

"자. 내가 고쳐줄게. 이리로 와."

"죄송합니다……."

유키나 선배는 내 목에 손을 뻗어 넥타이를 풀었다.

오늘은 케이카 대학 입학식. 평소에는 입을 일이 없는 정장 차림으로 가야만 한다.

나도 이제 대학생인가……. 왠지 감회가 새롭다.

이 1년 동안 여러 일이 있었다. 나도 진학해서 환경이 바뀌었지만 다른 사람들도 조금씩 바뀌었다.

일단 아스카.

아스카는 코미미의 영향을 받아 연극에 흥미를 품었다. 언젠가 연극부에 입부하더니 코미미의 엄격한 연기지도를 받기 시작했다. 문화제에서 한 연극을 통해 연기에 대한 열정이 싹텄을 것이다.

그리고 결국에는 '나, 연기 공부를 할 수 있는 대학에 갈 거야!'라고 말하고 예술학부가 있는 대학에 진학했다.

참고로 코미미도 아스카와 같은 대학에 다니고 있다. 두 사람이 진학한 곳은 도쿄의 대학이니 앞으로도 편하게 만날 수 있어서 좋다.

다음으로 샤로와 사쿠라코. 두 사람은 올해로 고등학교 3학년이 된다.

공통의 취미가 있다는 것이 드러난 이후로 두 사람은 급속하게 친해졌다.

자신의 마음을 전하는 게 서투르고 상냥한 샤로와 자신의 의견을 똑똑히 말할 수 있고 시원시원한 사쿠라코……. 엉망진창 콤비로 보이지만, 난 좋은 콤비라고 생각한다.

최근 그녀들은 학교에서 부를 설립했다. 좋아하는 애니메이션이나 게임에 대해 이야기하는 부활동으로 두 사람의 쉼터가 되었다.

하지만 그녀들은 문제에 직면해 있다. 그 문제란 부원이 둘밖에 없다는 것이다. 시작부터 폐부 위기인 것 같다.

사쿠라코는 '걱정할 필요 없어요, 오라버니. 신입생을 납치해서 강제 입부 시킬 거니까요!'라며 벼르고 있어서 샤로에게 그런 짓은 그만두게 하라고 부탁해뒀다. 괜찮을까, 걔네…… 케이타 오빠는 걱정이 끊이지 않아요.

다들 제각각 생활에 변화가 있었지만, 가장 변한 건 쥬리일지도 모르겠다. 설마 그녀가 '학생회장'이 될 줄은 몰랐다.

중학교 시절, 쥬리는 나와 같이 학생회에서 활동했다. 고등학생이 된 지금도 학생회 일에 관심은 있었을 것이다.

하지만 아무리 그래도 학생회장에 입후보한 건 예상 밖

이었다. 쥬리에겐 미안하지만, 그녀에게 리더십이 있는 것처럼 보이지는 않았다. 어느 쪽이 어울리느냐 하면 무드메이커가 더 잘 어울린다.

그건 본인도 자각하고 있어서 처음 취임했을 때는 '역시 저한테 학생회장은 책임이 무거운 걸까요~'라며 약한 소리를 했었지.

어느 날, 난 쥬리에게 '왜 학생회장에 입후보한 거야?'라고 물었다.

쥬리는 부끄러운 듯이 대답했다.

'저, 2학년이 됐을 때 생각했슴. 케이타 선배가 졸업하면 매일이 재미없겠구나 하고. 제 고등학교 생활을 돌아보면 케이타 선배가 항상 옆에 있었으니까요. 쓸쓸하기도 하고, 왠지 갑자기 불안해졌단 말이죠.

그때 문득 생각한 검다. 졸업하면 케이타 선배는 쓸쓸하지 않을까 하고. 저랑 못 만나는 거, 싫지 않을까 하고. 이것저것 생각하기 시작했더니 불안을 넘어서 가슴이 아파졌슴다.

하지만 금방 생각을 고쳤슴다.

생각해보세요. 제가 케이타 선배한테 놀자고 할 때, 선배는 항상 미안하다는 듯이 「노력하지 않으면 누군가와 한 약속을 못 지켜. 못 놀아줘서 미안해」라며 거절하지 않았슴까.

그때의 케이타 선배를 보고 생각했단 말이죠. 아아, 케이타 선배도 사실은 나랑 놀고 싶은 걸까 하고. 놀고 싶은 걸 참고 목표를 위해 노력하고 있는 걸까 하고. 케이타 선배의 마음을 알아차렸더니 토라져 있던 자신이 왠지 부끄러워졌습니다.

동시에 케이타 선배가 손이 닿지 않는 곳으로 가버린 느낌이 들어서 애가 탔습니다. 선배가 꿈을 향해 노력하는 모습, 엄청 멋지게 보였어요. 연애 감정 같은 건 상관없이 순수하게 「인생의 선배」로서 동경했습니다.

나도 케이타 선배 같은 사람이 되고 싶다.

하고 싶은 것을 위해 노력할 수 있는 사람으로 변하고 싶다.

그럼 내가 하고 싶은 건 뭘까?

생각했지만 제가 하고 싶은 건 「나답게 있을 수 있는 곳에서 즐거운 시간을 보내는 것」 정도란 말이죠. 훌륭한 목표는 아닐지도 모르지만, 즐거운 학교생활을 하고 싶다는 마음은 거짓 없는 진짜라고 생각했습니다.

나는, 학교를 나답게 있을 수 있는 곳으로 만들고 싶다.

거기까지 생각하고 번뜩였습니다.

그렇다면 학생회장이 되면 된다.

나답게 있을 수 있는 공간을 스스로 만드는 겁니다.

학교 전체를 끌어들여서 다 같이 즐겁게 지내는 겁니다.

……그렇게 하면 케이타 선배가 졸업해도 안 쓸쓸하지 않을까 하고. 그렇게 생각한 검다.'

그 이야기를 들었을 때, 나도 모르게 눈이 촉촉해졌다.

최근까지 손이 많이 가는 후배라고 생각하고 있었는데 갑자기 성장하지 말라고. 너무 기뻐서 눈물이 나잖아.

역시 쥬리는 대단하다. 어떤 때라도 자신의 주장을 관철하는 나의 자랑스러운 후배다.

한편, 나는 어땠는가 하면 공부에 찌든 나날을 보냈다. 유키나 선배와 데이트도 거의 못 했고, 쥬리나 모두와 노는 시간도 줄어들었다. 솔직히 수험공부를 그만두고 싶다고 생각한 게 한두 번이 아니다.

꺾일 것 같을 때마다 나는 유키나 선배와의 약속을 떠올렸다. '유키나 선배와 즐거운 대학생활을 하는 거다!' 하고 자신을 타이르고 필사적으로 공부했다.

이윽고 노력은 결실을 보아 나는 지금 유키나 선배와 같은 대학에 다니고 있다.

게다가 유키나 선배와 같은 공동주택으로 이사했다. 그것만으로도 행운인데 옆방까지 빌릴 수 있으니 꿈만 같다.

"케이타? 무슨 생각해?"

유키나 선배는 내 넥타이를 묶으면서 물었다.

"아, 아뇨. 수험 때까지의 1년 동안을 떠올리고 잠깐 감상에 젖어있었어요."

"그래……. 케이타, 공부 엄청 열심히 했지. 장해."

"유키나 선배도 용케 제가 없는 생활을 견뎠네요. 착하다, 착해."

머리를 쓰다듬어주니 유키나 선배는 얼굴을 붉히고 나를 째려봤다.

"어린애 취급하지 마. 내가 누나거든?"

"그래도 정신연령은 저보다 훨씬 아래죠── 끄엑!"

유키나 선배는 넥타이를 힘껏 잡아당겼다. 모, 목 졸리니까 그만해…….

"……외로웠어."

"네?"

"케이타랑 못 만나서 엄청 외로웠어…… 지금까지 못 만났던 만큼, 앞으로는 잔뜩 어리광부릴 거다?"

유키나 선배가 귀엽게 치근대서 가슴이 뭉클했다.

……살짝 소리쳐도 되나?

"유키나 선배 완전 귀엽잖아아아아아아아!"

"꺅?! 가, 갑자기 소리 지르지 마!"

"소리를 안 지를 수가 있겠는가! 넥타이를 매주는 어른 여성에서 갑자기 달달한 연하 여자 친구로 클래스 체인지하다니! 그 갭이 너무 귀엽다고!"

"모, 목소리 커! 여기 주민들한테 들리면 어쩌려고?!"

"오케이, 들려주자고! 여러분~! 내 여자 친구는 세상에서 제일 귀여── 끄엑!"

다시 넥타이를 잡아끌렸다. 숨 막히니까 그만!

"케이타. 넥타이를 몇 번이고 고쳐 매도록 하지 마."

"아, 네. 죄송합니다……."

유키나 선배는 다시 내 넥타이를 매기 시작했다. 난 이번에야말로 방해하지 않도록 입을 다물었다.

"자. 넥타이 다 맸어."

"감사합니다."

거울로 확인하니 넥타이 길이는 벨트의 버클 근처로 조정되어 있었다. 매듭도 완벽하다.

"역시 유키나 선배. 잘하네요. 장래에 좋은 색시가 되겠어요."

"새, 색시라니…… 바보 같은 소리 하지 말고 빨리 스스로 맬 수 있도록 해. 돼지라도 이 정도는 할 수 있잖아?"

새침한 태도로 고개를 돌리는 유키나 선배. 얼굴은 안 보여도 히죽거리고 있는 게 다 보인다.

이래서 유키나 선배는 미워할 수 없다.

"케이타. 지각하겠어. 빨리 가자."

"어라? 유키나 선배도 학교에 볼일이 있어요?"

오늘은 입학식이다. 2학년은 수업이 없었을 것이다.

"수업은 없어. 라운지에서 친구랑 무슨 수업을 이수할지 이야기할 예정이야."

"오오! 심술쟁이인 선배에게도 친구가 있네요!"

"케이타. 삼각 조르기랑 4자 꺾기, 좋아하는 걸 골라."

"노, 농담이라니까요……. 아, 그럼 더 서둘러야겠네요."

"그러니까 그렇게 말했잖아. 정말 굼뜨네."

"미, 미안하다니까요."

난 서둘러 준비를 했고, 둘이서 사이좋게 집을 나섰다.

여기서 대학까지는 걸어서 15분. 우리는 나란히 걸었다.

한동안 걸으니 케이카 대학 명물인 벚꽃 가로수길에 접어들었다.

팔랑팔랑 흩날리는 꽃잎이 눈앞을 스쳐 지나갔다. 한 장이 아니다. 우리의 출발을 축복하듯이 벚꽃 비가 쏟아지고 있다.

"예쁘네요, 유키나 선배."

"그래……. 이 경치를 케이타랑 보고 싶었어. 작년의 벚꽃은 혼자서 봤으니까."

"아하하. 제가 없어서 정말 외로웠나 보네요."

"서로 마찬가지 아냐? 케이타야말로 몇 번이나 전화했으면서."

"유키나 선배도 몇 번이나 '보고 싶어'라면서 메시지 보냈잖아요."

"후훗. 잊어버렸어."

"에이~. 치사해요."

우리는 서로 웃으면서 벚꽃 가로수길을 걸었다.

멀리 교문이 보이기 시작했다.

대학에 가면 유키나 선배와는 따로 행동하게 된다. 밤까지 만날 일은 없을 것이다.

……마지막으로 한번 더 유키나 선배가 살갑게 대해주는 모습을 보고 싶다.

"유키나 선배. 다녀오겠습니다의 뽀뽀, 잊어버렸네요."

그렇게 말하면서 놀려봤다.

눈을 마주치자 유키나 선배는 부끄러운 듯이 나지막이 한마디 했다.

"……어서 오세요의 뽀뽀라도 괜찮으면 해줄게."

유키나 선배는 '빨리 와야 해'라고 한마디 덧붙이면서 부끄러워했다. 볼은 분홍색으로 물들어 있었다. 내 여자 친구, 너무 귀엽잖아.

우리는 교문 바로 앞에서 멈춰 섰다.

이 문을 넘어서기 위해 1년 동안 필사적으로 공부했다. 데이트를 삼가고 학원을 다니는 지옥의 나날. 유키나 선배와 보내는 시간은 2학년 때보다 훨씬 적었다.

유키나 선배.

지금까지 참아왔던 만큼, 대학에서는 추억을 많이 만들어요.

"가요. 유키나 선배."

"그래. 케이타한테는 기념비적인 첫 등교네."

"그렇네요. 그럼 추억도 만들 겸 '하나~ 둘' 하고 같이 대학 부지에 들어가지 않을래요?"

"딱히 상관없는데…… 왠지 애 같아."

"해요. 돌아보면 재밌는 이야기…… '좋은 추억'이 될 거예요."

"……그것도 그렇네."

유키나 선배는 부드러운 웃음을 띠고 내 손을 잡았다.

"갑니다, 유키나 선배."

"응. 하나~ 둘!"

우리는 동시에 점프해서 대학 부지 안으로 들어갔다.

이제부터 우리의 새로운 생활이 시작된다.

설탕 과자처럼 달콤한, 유키나 선배와의 캠퍼스 라이프가.

안녕하세요. 우에무라 나츠키입니다.

본 작품은 소설 투고 사이트 '노벨업+'에서 연재 중인 작품입니다만, 3권은 서적 오리지널 전개가 약 반을 차지하고 있습니다. 인터넷으로 읽으신 독자분들도 새로운 전개를 즐길 수 있을 거라 생각합니다.

후기부터 읽는 분도 계실 테니 많이 말하지는 않겠지만, 오리지널 전개는 당도 두 곱빼기, 부끄러움은 많이 넣어서 보내드렸습니다. 당사(糖死)(달달한 러브코미디를 너무 많이 섭취해서 하늘에라도 오를 듯한 기분을 느끼는 것. 내가 생각한 말이야! 에헴!)할 위험이 있으니 주의해 주십시오. 특히 일러스트의 파괴력이 굉장합니다!

그럼 그럼. 본 작품에 관한 중요한 알림이 있습니다.

이미 읽으신 분도 있으리라 생각합니다만, 본 작품 '독설소녀는 심술쟁이 ~벽 너머라면 솔직하게 좋아한다고 말할 수 있는걸!~'의 만화판 연재가 시작됐습니다!

만화 담당은 아비 선생님. 아비 선생님이 그리는 유키나 선배의 진성 S 얼굴, 완전 좋아!

만화판은 WEB코믹지 '코믹 파이어'에서 무료로 읽을 수 있습니다. 유키나 선배가 호감을 표하는 모습, 그리고 섹시한 굳히기와 발 기술을 꼭 만화로 만끽해주세요.

이 아래로는 감사를 전하겠습니다.

담당 편집자님. 이번에도 정말 신세 많이 졌습니다. 개인적인 일로 마감이 빡빡했을 때도 잘 대응해주셔서 감사합니다. 역시 멍멍이를 좋아하는 사람 중에 나쁜 사람은 없어! (여담입니다만 저희 집 멍멍이가 바로 케이지를 파괴했습니다. 아마 강한 개일 겁니다.)

일러스트 담당 미레이 선생님. 항상 훌륭한 일러스트 감사합니다. 러프를 본 시점부터 일러스트에 의한 당사를 확신했습니다. 완성 일러스트를 보고 무사히 행복한 기분이 들었다는 걸 보고드립니다. 부끄러워하는 유키나의 파괴력, 두려워할지어다……!

항상 응원해주시는 가까운 분들. 1권을 읽어준 친구에게 '우에무라, 본편보다 후기가 더 진지하냐ㅋ'라며 도발을 당해서 '한번 해볼까! 재밌는 후기를 써서 올려주마!'라며 벼르고 있었지만, 이 모양입니다. 본편을 쓰는 텐션으로 후기 쓰는 건 무리. 부탁이다, 용서해줘.

마지막으로 독자 여러분에게 최대한의 감사를.

읽어주셔서 감사합니다!

Dokuzetsu Shojo ha Amanojaku 3 ~Kabegoshi nara Sunao ni Sukitte Ierumon!~
©Natsuki Uemura
Originally published in Japan in 2021 by HOBBY JAPAN CO., Ltd.
Korean translation rights ©2022 by Somy Media, Inc.

독설소녀는 심술쟁이 3 ~벽 너머라면 솔직하게 좋아한다고 말할 수 있는걸!~

2022년 2월 15일 1판 1쇄 발행

저　　　자 우에무라 나츠키
일 러 스 트 미레이
옮 긴 이 박정철
발 행 인 유재욱
본 부 장 조병권
편 집 1 팀 김혜연 박소연 이준환
편 집 2 팀 박치우 정영길 조찬희
편 집 3 팀 곽혜민 오준영 이해빈
라이츠담당 이승희 한주원
디 지 털 박상섭 이성호 최서윤
미　　　술 김보라 박민솔
발 행 처 ㈜소미미디어
인쇄제작처 ㈜코리아피엔피
등　　　록 제2015-000008호
주　　　소 서울시 마포구 토정로222, 403호 (신수동, 한국출판콘텐츠센터)
판　　　매 ㈜소미미디어
마 케 팅 박종욱
전　　　화 (02)567-3388, Fax (02)322-7665

ISBN 979-11-384-0748-9 04830
ISBN 979-11-6611-990-3 (세트)